¡Mírame, Aún Existo!

F.A.H

¡Mírame, Aún Existo!

Portada del libro y Ilustraciones: Alland Adorno & Ethan Adorno

Fotos de archivo

Escrito por F.A.H.

Editado por: Sra. Judith Torres y La Sra Julia Thillet

1ª edición Febrero 10, 2026

ISBN Libro de Bolsillo: 978-1-971920-04-7
ISBN Libro Digital: 978-1-971920-05-4

Contenido

Las cosas que no digo...

NO ENCONTRABA LA MANERA de llorar la muerte de mi mamá, Marina Ramos Santiago (1956–2024). No sé por qué se me hizo tan difícil dejar escapar el dolor de mi orfandad total, pues mi papá, Félix Adorno Hernández, se había ido en el año 2019. Tal vez fue porque, al verla luchar contra el cáncer día tras día, ya sabía que se acercaba el final. O quizás fue por las mentiras que le dije mirándola a los ojos, intentando protegerla del miedo, mientras yo mismo fingía que aún quedaba tiempo.

Cuando por fin se fue, me tomó meses procesar su partida. Mi resignación callada, acumulada durante un año de verla morir, me permitió decirle adiós en silencio. El derrame cerebral que sufrió en abril de 2024 selló en mi alma la certeza de que su batalla estaba por terminar, aunque yo no estuviera listo para aceptarlo.

No fue hasta que comencé a escribir la primera historia de este libro que encontré la manera de llorarla. La escritura me ofreció refugio, alivio y una forma de agradecerle. Me consuela saber que nunca la dejé sola. Que hice lo imposible por prepararla emocionalmente para lo que estaba sucediendo. Y que, aunque con dolor, la vi morirse cada día durante los últimos cinco meses de su vida.

Puedo decir con sinceridad que no soy una persona que canoniza a nadie. No creo en eso. Por eso puedo afirmar que mi mamá era imperfecta, como lo somos todos. Pero también puedo decir que fue la madre perfecta para mí. Agradezco sus consejos de adulto y sus golpes de niño —según ella, para enderezarme. Agradezco sus aciertos y sus errores. Todo lo que hizo, sin cambiar nada, porque quien desea cambiar su pasado trata de olvidar las lecciones aprendidas.

Por eso puedo decir con honestidad que entre ella y yo hubo diferencias. No pretendo ocultarlas, pues como en toda relación de adultos, hubo momentos de desacuerdo, tensión y hasta de corajes. Sé que teníamos formas distintas de mirar la vida. Quizás porque ella era muy joven cuando me parió y su inexperiencia la llevó a cometer errores. A lo mejor fueron nuestras diferencias de género, de educación, de carácter. Aun así, no puedo ignorar que mucho de lo que he logrado se lo debo a ella. Y por eso estaré eternamente agradecido, hasta el día en que sea yo el que se vaya.

También puedo decir que no conozco todos los detalles de la vida de mi mamá: sus virtudes y defectos antes y después de mi nacimiento, sus errores y sus faltas, como los que cada ser humano posee. No sé, ni me interesa saber nada más, pues esos detalles de su vida no son relevantes para la forma en que me siento acerca de ella. Y no importaría lo que otros digan, porque de todas maneras seguirá siendo la mujer que me dio la vida y la educación moral que tengo. Todo lo demás es solo ruido.

Este libro es mi forma de decirle que vivió, que amó, que sufrió, que se divirtió. Que su legado continúa a través de mí y de mis hijos. Que la abrazo en mis sueños y la honro en cada palabra escrita. En las cortas historias de este libro encontrarás partes de su vida y experiencias, de las que fui testigo.

Desde el día en que partió, la canción "Canto a la muerte" del cantautor panameño Rubén Blades no ha dejado de resonar en mi mente. No encuentro mejor manera de expresar el dolor de perder a una madre que la forma en que él lo hizo al despedirse de la suya. Sin embargo, siento que la manera en que lo he plasmado en esta obra también es justa y digna de su amor eterno.

Así he aprendido a vencer el vacío que dejó en mi vida, la soledad de no poder escuchar más su voz riéndose, quejándose o simplemente conversando con alguien. De esta manera me aferro a la idea de que no se fue, porque no se ha ido. Solo se ha mudado del mundo presencial a un rincón muy exclusivo de mi alma, donde puedo encontrarla cada vez que necesito que alguien me reafirme que soy una buena persona. Cada vez que necesito alguien que me diga que me ama sin condiciones. Cada vez que pasa por mi mente una memoria fugaz que me hace dudar de mí mismo. Ahí está mi mamá diciéndome que me ama como soy. Que perdona los errores que cometí con ella. Que su amor es y siempre será eterno...

¡Mírame, Aún Existo! no es solo un título: es el eco de la voz de mi madre, que permanece viva en cada palabra, en cada gesto, en cada recuerdo que se resiste a desaparecer, para que nunca me sienta solo.

Este libro está dedicado a mi mamá:

Marina Ramos Santiago

1956-2024

Agradecimientos

ESTOY Y ESTARÉ ETERNAMENTE agradecido a mis tíos, quienes hicieron sacrificios para acompañar a mi mamá en los momentos en que más lo necesitaba.

Su hermana **Milagros Ortiz**, con quien residía, fue siempre una de sus compañías más anheladas con la que se divertía y disfrutaba su vida aun en medio de su enfermedad.

Su hermana **Sonia Villegas**, que viajó desde Puerto Rico para pasar unos días con ella, buscó hacerla reír en medio de su sufrimiento.

Su hermana **Anais Villegas** en plena batalla contra el cáncer, arriesgó su propia salud para venir a ofrecerle consejos y técnicas de lucha. No sería justo dejar de mencionar que, dos meses más tarde, ella también partió. Aunque nunca comprenderé del todo cómo encontró fuerzas para visitar a mami en medio de su propia batalla, sé que el amor fue su motivo principal.

Mi tío **Antonio Villegas**, al igual que sus hermanas, vino desde la Isla para ayudarla a recordar memorias perdidas y reconectarla con su pasado.

Mi tío **Nicomedes Villegas** también la visitó cuando aún podía apreciar su presencia.

Su hermana **Migdalia Ortiz**, en medio de una mudanza, hizo un largo viaje para regalarle a mami un poco de su tiempo.

Y por último, mi tío **Jerry Ortiz**, el menor de sus hermanos, se dio cita varias veces en diferentes hospitales para acompañarla en momentos difíciles.

En el instante en que mi mamá más los necesitó, ninguno la ignoró. Todos se hicieron presentes para demostrarle el valor y el espacio importante que ocupaba en sus corazones. Fueron también quienes esperaron toda una noche para acompañarla en las últimas horas de su vida, y quienes estuvieron en aquel cuarto de hospital el 28 de julio de 2024, cuando su reloj dejó de correr.

Y a todas las personas de mi familia extendida que hicieron acto de presencia en aquel momento tan difícil de nuestras vidas, quiero también agradecerles su compañía y sus palabras de apoyo, que hicieron un poco más tolerable lo que estábamos viviendo.

Por todo esto, uso este espacio para agradecerles. Si algo se me escapa, espero que me disculpen, pero desde lo más profundo de mi corazón quiero darles las gracias. Sé que mami lo apreció, y yo también lo aprecio con toda mi alma.

Pero, por sobre todo, quiero agradecerle a mi esposa, **Marina Núñez**, por todos sus esfuerzos y su compañía durante aquellos meses en que mi vieja se moría poco a poco. Su dedicación y su apoyo incondicional hicieron un poco más tolerable presenciar cómo mi madre se iba disipando sin que yo pudiera hacer nada para ayudarla.

¡Gracias!

¡Mírame, Aún Existo!

No me acuerdo. La verdad es que no recuerdo nada desde el día del incidente. He tratado de recoger mis memorias, pero hasta ellas mismas se me escapan. Me lleno de rabia cuando, en medio de un pensamiento, se me pierde un nombre, un lugar o hasta el hilo de la conversación. El doctor dice que es normal, que estas cosas toman tiempo... tiempo del que yo sé que no me queda mucho, con este cáncer que me está consumiendo.

Me siento tan sola, arrumbada en este asilo, sin poder volver a casa. A casa... cuánto daría por regresar a mi casita en Puerto Rico y ver a tantas personas antes de morir. Quisiera ver a Mami Lila, a Helen, a Dina, a compai Cheo. Ir a la iglesia a rogarle a Dios. Ir a ver a... ¡Ay, caramba, ya se me olvidó otro nombre! Ojalá mi mente regresara. No quiero irme sin recordar las vivencias que me dieron alegría.

Dios mío, ayúdame a recordar quién fui. Fui hija, hermana, amiga y madre. Sé que fui una buena madre. Me sacrifiqué por mis hijos para que tuvieran lo que a mí me faltó casi toda la vida. Me jodí por ellos, y ellos lo saben. Y ahora que los necesito, estoy aquí, sola, esperando que se apiaden de mí, que vengan a verme antes de que se me acabe el tiempo. ¿Y mis nietos? ¿Dónde están? ¿Por qué no recuerdan que también me sacrifiqué por ellos? Como que la memoria les falla... y la que sufrió el derrame fui yo.

Estoy tan sola. Kiara me hace tanta falta, y no me puede visitar como quiere. Yo sé que está ocupada con tanto muchacho, como lo estaba yo con los míos, pero aun así quisiera que me viniera a ver más a menudo y no fuera siempre por teléfono. Necesito su compañía. ¿Qué le va a hacer? Así son las cosas para las madres jóvenes.

¿Dónde estoy? ¿Por qué no puedo pararme de esta cama? ¿Qué me pasó? Ah... verdad, el derrame. Y aquí estoy, confundida cada vez que despierto de esta pesadilla en la que se ha convertido mi vida. Yo, que siempre fui fuerte, me siento hecha pedazos. A lo mejor por eso no vienen más a menudo. Será por las cosas que no hice bien. Sí, cometí errores, pero no fui la única. Todos cometieron errores. Entonces, ¿por qué me dejan sola todo el día? No trabajan 24 horas y no viven tan lejos. Si ellos fueran los enfermos, yo no me movería de su lado.

Por favor, no me dejen sola. Este silencio me está volviendo loca. Aquí lo que hay son viejos que no hablan español y se la pasan gritando. Me ponen nerviosa, rabiosa. Qué aburrimiento... no tengo con quién hablar, y ya de tanto mirar el celular me desespero. Tengo hambre, y la comida de aquí no sabe a nada. ¿Quién iba a decirme que hasta hambre iba a pasar?

Felo... te extraño tanto. ¿Por qué me dejaste sola? Si estuvieras aquí, tendría a mi compañero de toda la vida. Te fuiste sin despedirte. Yo sé que, si tú no te hubieras ido, quizás nada de esto habría pasado. Estuviéramos en casa o donde Vicky y Miguel, jugando dominó o escuchando música. Dios mío, cuánto daría por verte, aunque fuera unos segundos, por sentir uno de tus abrazos. Viejito mío... cuánto te necesito. ¿Te acuerdas de cuando nos casamos? ¿De lo difícil que fue criar a esos muchachos? ¿De las luchas constantes? ¿De las peleas por tus celos? Yo te perdono, viejo, y sé que tú también me perdonas por las rabietas que me daban sin razón. Solo ven a verme una vez más desde donde estés. ¡Chico, ayúdame, por favor! Me estoy volviendo loca... aunque sé que no puedes.

Los días se me hacen interminables sin la compañía de nadie. Será que ya se dieron por vencidos conmigo, como si por estar enferma ya no importara. Pero yo todavía soy una persona. Yo siento, yo padezco. ¿Dónde están? Ay, Dios... ya había hecho esa pregunta. Ves, mi mente anda perdida. Solo quiero recordar mi vida, los momentos que me hicieron feliz: cuando criaba a mis hijos y a mis nietos, cuando iba a Río Piedras a comprar, cuando ayudaba a la gente, cuando iba a la iglesia a orar. Yo era una buena persona. ¿Qué digo? Yo soy una buena persona. Yo no me he muerto. ¡Aún estoy viva!

Y aquí estoy, tirada, sintiéndome abandonada. Mi hijo me dice que tenga paciencia, pero qué sabrá él si la que está aquí soy yo. Sé que él trata, que no es su culpa, pero me da rabia que no entienda lo difícil que es estar acostada todo el día sin poder ni rascarme cuando este picor me desespera. Dios, perdóname por esta rabia... es que estoy cansada de sentirme inútil y olvidada. Quiero irme a casa con Milagros. Ella me entiende, siempre me entendió.

Tantos recuerdos... Desde que llegaba en los veranos a mi casa cuando era niña, hasta que tuve que mudarme con ella después de quedarme sola. Las noches que nos pasábamos mirando La Casa de los Famosos, hablando o cantando como dos locas. Oh, cantar... cuánto me gustaría poder cantar de nuevo con ella y con las otras, esas canciones de Ana Gabriel, Amanda Miguel o José José. Y las veces que... ¡Ay, bendito! Ya se me olvidó otra cosa. ¿Por qué será que mi memoria no quiere volver? Caramba, si yo siempre fui inteligente, aunque no fui a la escuela.

¿Quién grita? ¿Qué es eso? Otro día más entre estos pobres viejos abandonados. ¿Para qué me fastidié tanto por esos muchachos que ahora casi no vienen? A veces pienso que, si yo faltara, entonces sí se acordarían de mí. Dirían que me querían, que me extrañan... embusteros, si aquí me la paso esperándolos todo el día. Pero no quiero morirme. Solo quiero que me quieran como yo los quise. Que tengan misericordia, aunque sea un poquito. Que vengan a verme. No es justo. Tanto tiempo que les dediqué, y no pueden venir ni unos minutos.

¿De qué te estaba hablando? Ah... del vacío en mi pecho. Del abandono. De esta vida desde el incidente. Espero en Dios que un día recuerden que estoy enferma, pero no muerta. Que, aunque no fui perfecta, fui buena. Que aun así sigo siendo un ser humano. Que los amé y los amo sin condición, aunque se hayan olvidado de mí.

Y a ti, que acabas de escuchar las incoherencias de esta mujer enferma y cansada, te pido un favor, ya que mi familia no se acuerda de mí: perdona mis fallas y, por lo que más quieras... no me dejes sola. Antes de que se me acabe el tiempo, ten compasión de mí.

POR FAVOR... MÍRAME... PORQUE YO AÚN EXISTO.

Cenicienta de Trapos

MARIANA CAMINABA POR EL viejo San Juan, evocando su niñez, aún viva en su memoria como una mezcla de añoranzas y horror. Sentada en un banco frente al mar, sus ojos se llenaron de lágrimas al recordar aquella mañana en que su madre, doña Rosa, fue a darla de baja de la escuela.

En el patio, sus compañeros disfrutaban del recreo: en una esquina las niñas brincaban la cuica[1]; en otra, los niños jugaban a los gallitos[2]; algunos se escondían entre risas, mientras otros simplemente vagaban sin hacer nada.

Mientras tanto, Rosa —una mujer de apariencia humilde— se encontraba frente al escritorio de la directora, la señorita Cotto, explicándole la razón de su visita. Ambas sufrían la incomodidad del calor sofocante en aquella oficina mal ventilada, donde el aire parecía estancarse junto con las palabras.

Las dos habían sostenido una conversación que comenzó con cordialidad, pero pronto derivó en tensión. Rosa estaba en el proceso de dar de baja a Mariana de la escuela, con el propósito de que la niña ayudara en los quehaceres del hogar: lavar, planchar, cocinar y cuidar a sus hermanos menores. De esa manera, Rosa podría trabajar más horas y ganar lo sufi-

---

1. Cuica: Juego de niños que consiste en saltar por encima de una cuerda.

2. Gallitos: Juego local en que los niños tratan de romper semillas de algarrobo amarradas con un hilo.

ciente para cubrir lo más básico. Madre soltera, en aquel momento no veía otra alternativa que sacrificar la educación de su hija. Esa fue la explicación que ofreció a la señorita Cotto, y también la raíz de la incomodidad que impregnaba la oficina.

La directora intentó persuadirla de no retirar a la niña, aunque sabía que era un esfuerzo inútil. Lo había intentado antes con otros padres pobres que, sin comprender del todo las consecuencias, sacrificaban la educación y el futuro de uno o dos de sus hijos para sostener a la familia. Con los años y la experiencia, la señorita Cotto había aprendido a discutir los méritos de esas decisiones, pero también entendía que la ley otorgaba a los padres plena potestad. Reconocía, además, que muchas veces no tenían las mismas opciones que las familias con mejor situación económica. Aun así, su instinto era siempre tratar de convencerlos de lo que consideraba errores irreparables.

En esta ocasión, lo que más la desconcertaba era que Rosa decidiera dar de baja a su segunda hija y no a la mayor, como dictaba la costumbre en aquellos lugares cuando se necesitaba ayuda en el hogar. Pero el destino de Mariana, la segunda hija, era el que se estaba sellando. Tras una ardua discusión, la madre pronunció su decisión final.

—Ella es mi hija y yo hago con ella lo que me dé la gana —dijo Rosa con firmeza.

—No estoy diciendo lo contrario; solo le pido que recapacite antes de tomar una decisión final—respondió la directora.

—Ya tomé mi decisión. Mande a buscar a mi muchacha, que me la llevo ahora mismo.

—Por favor, señora, no haga eso. Mire que esa niña es muy inteligente.

—Eso no tiene nada que ver.

—¿Cómo que no tiene nada que ver?

—No tiene que ver. Yo necesito ayuda, y usted no me va a ayudar.

La directora pensó en las hijas de Rosa e intentó analizar cuál de las dos tenía menos posibilidades académicas. Aun así, no podía abogar por destruir el futuro de la hermana mayor, pues aquello también sería doloroso. Después de todo, la madre estaba en su derecho, e insistir demasiado podía terminar en una queja oficial que solo le traería más disgustos.

Finalmente, la señorita Cotto se levantó y pidió a Manuel, empleado del comedor, que buscara a Mariana. Manuel salió hacia el batey[3] y comenzó a preguntar por la niña, hasta que un compañero le indicó que estaba brincando la cuica con sus amigas. Se acercó y dijo:

—¿Mariana?

—Sí, esa soy yo —respondió la niña, algo fatigada.

—Ven conmigo, tu mamá vino a buscarte.

—¿Mamá está aquí?

—Sí, y debo llevarte primero a tu salón y luego a la oficina.

Al escuchar la palabra "oficina", Mariana, que sonreía por la idea de irse temprano a casa, cambió su semblante a uno de preocupación. Miró al empleado y murmuró:

—Yo no hice na' malo. ¿Por qué tengo que ir a la oficina?

—No lo sé, solo me dijeron que te llevara al salón y después a la oficina.

—¿Pero qué yo hice?

—No sé, quizá no sea nada.

—¿Mi mamá me va a pegar? —pensó en voz alta.

—No lo sé, pero debo llevarte ya.

Mariana caminó con Manuel hasta el salón para recoger su bulto. Al entrar, la maestra, la señora Guerra, la miró con profunda tristeza y la llamó a su lado. Mariana se acercó al escritorio y la maestra, levantándose de su silla, la abrazó con fuerza mientras le exhortaba a portarse bien. Al soltarla, Mariana notó que la señora Guerra parecía enojada por alguna razón que no comprendía. Aquello la preocupó aún más: ahora estaba convencida de que algo andaba mal y temía que su madre la castigara en la oficina.

Manuel, desde la puerta, observó cómo la niña que minutos antes jugaba y reía en el patio, ahora caminaba cabizbaja y pensativa. Mariana miró a su maestra favorita, que permanecía frente a la pared en un gesto de enojo poco común en aquella mujer siempre alegre.

---

3. Batey: Palabra taina para "patio".

Minutos más tarde, Manuel y Mariana entraron a la oficina donde estaban la directora y su madre. Al verla, Mariana rompió en llanto sin entender qué había hecho mal ni por qué su madre estaba allí. La señorita Cotto se levantó, le entregó una servilleta y la niña, entre sollozos, dijo:

—Perdóneme, mamá, por favor perdóneme.

—Déjese de estar llorando —respondió Rosa con frialdad.

—Es que no sé qué hice.

—Tú no eres la que has hecho algo mal —intervino la directora, mirando a la madre con severidad.

—Ya le dije que ella es mi hija y usted no tiene ningún derecho.

—No, no tengo ningún derecho. Y si lo tuviera, ahora mismo usted no estaría sacando a su hija de la escuela para convertirla en cenicienta en su casa.

—A mí usted no me puede hablar así, eso es una falta de respeto.

—Y lo que usted está haciendo es una falta de consideración.

—¿Me van a sacar de la escuela? —preguntó Mariana, sorprendida.

—Sí, este es tu último día aquí. No hagas más escándalo y vámonos ya —contestó Rosa, enojada.

—¿Y por qué me vas a sacar de la escuela?

—Porque me da la gana.

La mujer se puso de pie, tomó a su hija de la mano y le lanzó una mirada tensa a la directora, quien la devolvió con el mismo coraje. Salió de la oficina arrastrando a Mariana, mientras la niña sollozaba con temor de llorar en voz alta, pues sabía que su madre podría golpearla si lo hacía. La directora se dejó caer en su escritorio, pensativa, con el ánimo de quien pierde una batalla que nunca tuvo oportunidad de ganar. Abrió una gaveta y sacó la carpeta donde archivaba los expedientes de los estudiantes dados de baja por sus padres. Allí colocó el récord de Mariana: otra niña más cuyo futuro se sacrificaba por la conveniencia de otros.

Ya en casa, Rosa envió a su hija al cuarto a cambiarse, para luego explicarle lo que tendría que hacer ahora que ya no era estudiante. Desde ese momento comenzaría su oficio de ama de casa, con hijos y todo. Mariana entró a su cuarto afectada por la sorpresa de aquel cambio repentino. Ya no habría clases de matemáticas, español, inglés, ciencias ni estudios sociales; en su lugar, comenzaba la vida de una niña obligada a ser responsable de otros, aunque aún no sabía ser responsable de sí misma.

Al salir del cuarto compartido con sus hermanos, Mariana encontró a su madre sentada en un pequeño sillón de la sala. Su primera intención fue preguntarle por qué la sacaban de la escuela a ella y no a su hermana mayor, pero sabía que preguntas como esa se pagaban caro si su madre estaba de mal humor, como en aquel momento. Decidió entonces sentarse en silencio, con la mirada fija en el suelo. Rosa la miró callada, suspiró profundamente y comenzó a hablar:

—Mañana, cuando yo me vaya a trabajar, tú te vas a levantar y...

Le dio todas las instrucciones: cuidar a sus hermanos menores que aún no iban a la escuela, cocinar, fregar y, si le quedaba tiempo, lavar ropa en la quebrada del barrio. Desde aquel día, Mariana no tendría un minuto para jugar con otras niñas de su edad. Se convertía en la cenicienta de trapos de su casa: una niña destinada a criar hijos que no parió, cocinar para una familia que no formó y encargarse de un hogar que no era suyo.

Al amanecer, Laura, su hermana mayor, se levantó para ir a la escuela, mientras Mariana se dirigía a la cocina. Una tristeza profunda la invadió al ver a su hermana prepararse para estudiar, mientras ella se quedaba con las tareas del hogar. Se sentó en el borde de la cama y lloró en silencio. Laura, al verla, preguntó:

—¿Por qué no te estás vistiendo? Vamos a llegar tarde.

—Yo no voy —contestó Mariana.

—¿Cómo que no vas? Mami te va a dar una pela[4].

—Mami me sacó de la escuela ayer.

—¿Cómo que te sacó?

—Me dijo que tengo que cuidar a los demás y que ya no voy más pa' la escuela.

—Ella no me dijo nada a mí.

—A ti no, porque la que se queda soy yo.

—Pero si yo soy la mayor, ¿por qué tú y no yo?

---

4. Una pela: una golpiza como castigo físico.

—Yo no sé.

—Déjame hablar con ella.

—Ya se fue a trabajar.

—Pues cuando llegue yo le hablo.

—Está bien.

—Entonces, ¿qué tenemos que hacer hoy?

—¿Tenemos que hacer?

—Si tú no vas pa' la escuela, yo tampoco.

—Mami se va a enojar, y tú sabes lo que pasa cuando se enfogona.

—A mí no me importa. ¿Qué tenemos que hacer?

Laura sabía que sus castigos eran distintos a los de Mariana. A ella la enviarían al cuarto sin privilegios; a Mariana, en cambio, le tocaría la quemazón de una varita de guayabo o tamarindo, además de quedarse sin cena. Laura entendía esas diferencias, aunque no comprendía el porqué. Aun así, estaba dispuesta a ser castigada para apoyar a su hermana.

Durante aquel primer día de cenicienta, Mariana no logró bañar a sus hermanos ni cocinarles bien: la harina de maíz quedó con grumos y desabrida, y los niños no comieron. No tuvo tiempo de lavar la ropa y todo fue un desastre. Los pequeños lloraban de hambre y uno de ellos, con el pañal sucio, terminó con la piel irritada. Laura trató de ayudar, pero tampoco tenía la experiencia necesaria.

Al llegar la tarde, Rosa volvió cansada del trabajo y encontró a los niños hambrientos y sucios, la cocina llena de trastes y, para colmo, a Laura sin haber ido a la escuela. Perdió los estribos y, como de costumbre, Mariana fue el blanco de su rabia. La llamó a la sala y, sin necesidad de explicaciones, la golpeó con la correa. Laura se interpuso y recibió también los correazos, pero no se movió: estaba dispuesta a defender a su hermana. La madre, furiosa, castigó a ambas enviándolas al cuarto sin cena.

Ya sola, Rosa reflexionó sobre lo ocurrido. El solo pensar que su autoridad estaba siendo desafiada la llenaba de rabia. Al día siguiente, antes de irse a trabajar, decretó su ultimátum: Laura debía ir a la escuela sin falta, y Mariana quedarse en casa cumpliendo sus obligaciones. Luego, en la cocina, vio a Mariana preparando avena para sus hermanos. Por un instante sintió arrepentimiento, recordando que a ella también le habían hecho lo mismo en su niñez. Pero enseguida reprimió la culpa y, al salir, pronunció su demanda del día:

—Cuando llegue no quiero regueros. Espero que los niños estén bañados y jartos.

Mariana pasó el día entre ajetreos, pero los resultados fueron igual de desastrosos: quemó el arroz y las habichuelas, uno de sus hermanos se cayó y se hizo un chichón, y al intentar curarlo con Vicks Vaporub terminó irritándole los ojos. A las dos de la tarde, Laura regresó y trató de salvar lo que quedaba, lavó la cara del niño y corrigió lo que pudo. Mientras ayudaba, le enseñaba a Mariana cómo evitar errores en los próximos días.

Mariana la escuchaba con atención, convencida de que era Laura quien debía estar a cargo del hogar y no ella. Después de todo, la costumbre en la isla dictaba que el hijo mayor era quien debía asumir esas responsabilidades, no el segundo ni el tercero.

Ya a las siete de la noche, Rosa llegó agotada de su trabajo y se dejó caer en un pequeño sillón de la sala. Estaba tan rendida que ni siquiera tuvo fuerzas para inspeccionar el trabajo de su hija. Se quedó dormida allí mismo, mientras sus dos hijas mayores continuaban con el cuidado y la alimentación de sus hermanos. Cuando por fin despertó, eran las diez de la noche y todo estaba en orden. Se dirigió a la cocina y encontró una fiambrera con sus alimentos separados. La cocina estaba limpia, sin un solo trasto sucio, sin nada de lo que pudiera quejarse. Rosa sospechaba que su hija mayor había tenido algo que ver con aquello, pero estaba tan exhausta de las largas jornadas que no tenía ánimos para discutir.

Al día siguiente, como de costumbre, la mujer se levantó temprano, despertó a su hija mayor para enviarla a la escuela y a Mariana para mandarla a la cocina, mientras ella se marchaba a trabajar. Rosa trabajaba de sol a sol, sin ayuda económica de ninguno de los padres de sus hijos. Todos habían llegado prometiendo futuros de villas y castillas, y todos se habían marchado de la misma forma: por la puerta de atrás, sin siquiera despedirse. Acostumbrada al abandono y demasiado orgullosa para pedir ayuda, vivía de necesidad en necesidad. Fue esa desesperación la que la llevó a tomar la decisión que cambió la vida de Mariana.

De manera brusca, la niña dejó de serlo. Los juegos con muñecas se transformaron en un fregadero siempre lleno de platos sucios. La cuica se cambió por los brincos que daba cada vez que uno de sus hermanos ensuciaba el pañal, el cual debía enjuagar de inmediato. Las clases de historia, su materia favorita, quedaron atrás: la realidad no le daba tiempo para leer sobre el pasado, cuando el presente la obligaba a vivir como una mujer que parecía haber parido tres hijos sin haber estado embarazada jamás.

Con el tiempo, Mariana se convirtió en ama de casa, encargada de todos los aspectos de la vida de sus hermanos. Laura, la hermana mayor, aún la ayudaba al regresar de la escuela, pero Mariana ya ni preguntaba por sus maestros ni por sus compañeros: no tenía tiempo, y su hermana evitaba mencionarlos para no causarle pena. Así se acostumbró a ser la mujer del hogar: levantarse antes que todos, preparar desayunos, vestir a los hermanos menores que ya asistían a clases, despedirlos y luego encargarse de la cocina, la limpieza y la ropa. Varias veces por semana caminaba hasta la quebrada cercana, cargando bolsas de ropa, detergente y la tabla de lavar.

Un año después, Mariana aparentaba la edad de una mujer de más de veinte, aunque apenas tenía catorce. La rutina le había robado la oportunidad de aprender como sus hermanos y, poco a poco, su juventud. En una de esas jornadas de lavado conoció a Amalio, un muchacho que acompañaba a su madre a la quebrada. Él también era víctima de la necesidad: sus padres habían sacrificado su futuro para sobrevivir. Entre conversaciones, los dos jóvenes descubrieron las similitudes de sus vidas y nació una amistad que, con el tiempo, se transformó en un amor secreto.

Mariana y Amalio se encontraban varias veces a la semana. Solo Laura, su hermana mayor y confidente, sabía de aquella relación. Las dos jovencitas vivían en esa etapa en que una ilusión podía opacar la realidad más dura. Pero mientras Laura contaba con la bendición de su madre para sus pretendientes, Mariana debía ocultar su amor para evitar consecuencias severas.

Una tarde, entre besos furtivos y caricias prohibidas, Mariana perdió la noción del tiempo. Al darse cuenta de que había dejado la casa desatendida, corrió de regreso, intentando recuperar los minutos perdidos. Cocinó apresurada, pero el tiempo no alcanzaba. Laura llegó de la escuela y ayudó con los hermanos y las tareas. Poco después, Rosa entró al hogar y encontró el desorden típico de quien intenta remediar lo irremediable. Se sentó en el sillón y pronunció las palabras más temidas:

—¡Mariana, ven acá!

—Ya voy, mamá.

—¿Qué pasó hoy? ¿Por qué no está la comida lista?

—Es que no me dio tiempo pa'...

—¿Que no te dio tiempo? ¿Y qué carajos hiciste to' el día? —interrumpió Rosa.

—Es que me sentía cansa'.

—¿Cansa'? ¿Cansa' de qué?

—No sé, ma', me sentía cansa' y me recosté un rato.

—¿Te recostaste un rato o no hiciste nada en to' el día?

—Estaba un poco cansa', mami.

—Mírala a ella, una mujer cansa', como si fuera ella la que se tiene que ir a trabajar en una factoría to' el día.

—Yo no trabajo en la factoría, pero trabajo aquí cuidando niños que no son míos, cocinando, fregando y lavando la ropa de to' el mundo. To's van a la escuela y yo aquí como una esclava de todos.

La mujer escuchó aquellas palabras y, por el tono con que fueron dichas, se levantó de golpe del sillón. Caminó hasta su hija y le propinó una bofetada en el rostro. Luego fue al cuarto y regresó con una correa de cuero, con la que golpeó a Mariana varias veces, hasta que Laura intentó interponerse. Pero esta vez era distinto: ni Laura ni nadie le impedirían descargar su vergüenza sobre aquella niña malcriada, a la que no veía con el mismo afecto que a sus otros hijos.

Minutos después, Mariana lloraba tirada en el suelo, mientras Laura la abrazaba, también llorando. Rosa detuvo los golpes y salió de la casa con un coraje que no podía controlar. Caminó por el barrio durante horas, hasta terminar sentada en un banco de madera bajo un flamboyán. Encendió un cigarrillo para calmar los nervios y, entre el humo y el canto de los coquíes, comenzó a repasar lo ocurrido aquella tarde. En medio de sus recuerdos, volvió a encontrarse con la imagen del padre de Mariana: aquel hombre elegante que la había enamorado años atrás y al que creyó amar para siempre. La reflexión le arrancó lágrimas de decepción que no había derramado en mucho tiempo.

Diecisiete años atrás lo había conocido en la plaza del mercado, pocos meses después de que el padre de Laura huyera con otra mujer. Israel parecía responsable, un buen candidato para ayudarla con su hija. Aunque al principio dudaba en entregar su amor, terminó estableciendo una relación intensa con él y, tras unos meses de noviazgo, se mudó a su lado. Israel trabajaba como marino mercante y se ausentaba por semanas, pero siempre enviaba dinero para sostenerla. Rosa se enamoró profundamente: él la trataba como a una princesa, algo que nunca había experimentado. Se ilusionó con pasar el resto de su vida junto a él.

Un año después decidió presentarlo a su familia, pero aquel gesto le costó caro. Su familia, que siempre la había menospreciado, comenzó a inventar calumnias y a sembrar dudas en Israel. Lo acusaron de que ella no era fiel, y poco a poco él empezó a desconfiar. Una tarde de otoño, al regresar de un viaje, Israel no la encontró en casa y fue a preguntar por ella. La madrastra de Rosa, llena de odio, aprovechó la ocasión:

—Tu mujer anda por ahí como siempre —dijo con desprecio.

—¿Y dónde está? —preguntó Israel.

—No sé, pero dicen que anda realenga cuando tú no estás.

—¿De qué carajo habla usted?

—De que tu mujer anda con un chillo[5] . ¿Qué, eres ciego o pendejo?

Israel, molesto, le pidió respeto, pero la mujer insistió en que Rosa regalaba incluso la ropa que él le compraba a un supuesto amante. Recordó entonces que unas guayaberas y pantalones nuevos habían desaparecido semanas atrás, y la duda lo consumió. Sin saber que había sido la propia madrastra quien robó la ropa, salió en busca de Rosa. La encontró de regreso del mercado y, cegado por los celos, la enfrentó:

—Por fin te encuentro, canto de puta.

—Israel, ¿qué te pasa, mi amor? —preguntó ella, sorprendida.

—Ya sé lo que haces cuando yo trabajo para mantenerte a ti y a tu hija.

Rosa escuchó incrédula las acusaciones. Finalmente, lo miró con firmeza y orgullo:

—Quiero que te vayas y no regreses jamás. No quiero verte más, ni ahora ni cuando nazca tu hijo.

—¿Qué hijo? —preguntó Israel, confundido.

—El que tengo en la barriga. Estoy preña.

Aquella fue la última vez que Rosa estuvo frente al padre de Mariana. Israel se marchó herido en su orgullo y, aunque semanas después quiso pedir perdón, ya era tarde: Rosa se había mudado para que no pudiera encontrarla.

Años más tarde, Rosa se juntó con otro hombre, buen proveedor y padre ejemplar. Pero ya no amaba: la necesidad dictaba sus decisiones. Israel se había llevado la parte de su corazón que nunca volvió a entregar. Con él había amado intensamente, y con él había aprendido a no volver a hacerlo.

---

5. Chillo: Amante.

Tiempo después, aquel hombre —padre de sus tres hijos menores— murió en un accidente de trabajo. Rosa quedó sola, con cinco hijos y sin ayuda económica. Trabajó lavando y planchando ropa, vendiendo frutas y vegetales en la plaza, hasta que consiguió empleo en una factoría. Fue allí, en medio de la necesidad y el cansancio, que tomó la decisión de sacar a Mariana de la escuela. Pudo haber escogido a la mayor, como dictaba la costumbre, pero entre el rencor y la rabia eligió a la segunda. Mariana era el recordatorio constante del dolor que le había causado Israel, el único hombre al que amó apasionadamente.

Después de unas horas de humo y reflexión, Rosa se dio cuenta de que había consumido demasiado tiempo reviviendo los momentos más dolorosos de su pasado. Aunque aquel viernes no tenía que acostarse temprano, ya era tarde y debía regresar a su casa para restablecer el orden. Aún guiada por la rabia y el rencor, entró y encontró a todos sus hijos dormidos. Al llegar al cuarto de Laura y Mariana, las halló abrazadas, como si intentaran protegerse mutuamente de un monstruo que las visitaba a ambas. Al verlas, sintió una vergüenza que le desgarró el alma: ¿cómo era posible que, después de haber sido maltratada por su propia familia, ahora ella repitiera el mismo patrón con sus hijas? Se sentó en la sala y lloró en silencio, dejando escapar dolores y frustraciones acumulados. Algo en su corazón le decía que lo que hacía con Mariana no era justo, pero su orgullo y su rabia contra Israel no le permitían discernir entre lo correcto y lo incorrecto. Allí estaba aquella adolescente, un retrato idéntico del hombre que le había robado la fe en el amor.

Al día siguiente, cuando la rabia se disipó, también se borraron los sentimientos de culpa de la noche anterior. Rosa se levantó temprano, decidida a reafirmar su posición de matriarca. Entró al cuarto y despertó solo a Mariana, quien la miró con temor, pensando que su madre continuaría lo que había comenzado la noche anterior. Rosa le ordenó lavarse la boca, pues tenía un mandado para ella. Mariana obedeció y regresó lista para escuchar las instrucciones.

—Quiero que vayas a la casa de doña Fela y me traigas el pan que mandé a comprar para el desayuno —ordenó Rosa.

—Ok, mamá —respondió Mariana.

—No te tardes, que no quiero que tus hermanos se levanten y no haya nada que comer.

—Está bien.

Mariana salió rumbo a la casa de la vecina, dispuesta a ganarse el amor de su madre cumpliendo al pie de la letra sus órdenes. Fela le entregó tres libras de pan recién salido del horno y unos huevos para el desayuno.

Mariana agradeció y emprendió el regreso. Como no había cenado la noche anterior, el hambre la dominaba y el olor del pan fresco la tentaba. En un momento de debilidad, arrancó un pedacito de la esquina de una libra, convencida de que su madre no se molestaría.

Al llegar, entregó el pan y los huevos. Rosa inspeccionó y notó que una libra estaba mordida.

—¿Y qué le pasó a esta libra de pan? —preguntó molesta.

—Yo no sé —respondió Mariana, temerosa.

—¿Cómo que no sabes?

—Eso estaba así.

—¿Me estás diciendo que doña Fela me mandó ese pan ruyido?

—Yo no sé, estaba así.

—Eso no estaba así, malamañosa, tú te lo comiste.

—Es que tenía hambre y no pensé que... —intentó explicar Mariana.

—Ahora, además de malamañosa, eres embustera[6]. No me sorprende: eres igual que tu papá.

Rosa la obligó a sentarse a la mesa. Colocó frente a ella la libra mordida y dos vasos de agua. Fue a su cuarto, buscó una correa y regresó.

—Te lo comes todo. No quiero que me dejes nada.

—Pero mamá...

—Nada de "pero mamá". Te voy a quitar lo de embustera.

Con la correa en la mano, la forzó a comerse la libra completa y a beber agua para llenarse. Mariana, sofocada por tanta harina, comenzó a sentir retorcijones y náuseas. Laura, que acababa de levantarse, la vio correr al baño para vomitar entre lágrimas. Al verla, preguntó qué había pasado, y Mariana intentó explicarle mientras escuchaban a su madre gritar desde la sala:

—Eso le pasa por afrenta y malamañosa.

---

6. Embustera: Mentirosa.

Laura, impotente, sintió que la situación empeoraba cada día. Entre el respeto a su madre y el dolor de su hermana, no sabía cómo actuar. Finalmente, la rabia la venció y fue a confrontar a Rosa:

—A ver, mamá, ¿qué es lo que quiere hacerle a Mariana? ¿La quiere matar?

—Laura, me estás faltando el respeto y eso no te lo voy a permitir —gritó Rosa.

—Yo solo quiero saber qué hizo Mariana para que usted la trate así.

—No te atrevas a faltarme el respeto, yo soy tu madre.

—Y también es la madre de Mariana, pero parece que eso no le importa, porque la trata como una mierda.

Rosa, furiosa, le dio una bofetada que resonó en toda la casa. Laura bajó el rostro, se fue a su cuarto y le dijo a Mariana que se vistiera, pues se iban. Mariana la siguió con miedo, sabiendo que no tenían a nadie que las ayudara. Salieron mientras su madre les gritaba obscenidades.

Caminaron por el barrio bajo el sol ardiente: una con dolor en el estómago, la otra con dolor en el rostro. Ambas compartían un dolor más profundo, el del alma, sin saber cómo librarse de él. Al llegar a la quebrada, donde Mariana solía lavar ropa y encontrarse con Amalio, vieron a la madre del muchacho. Poco después, Amalio apareció y Mariana corrió a sus brazos llorando, mientras Laura los observaba desde una esquina. Al ver la ternura con que él trataba a su hermana, Laura pensó que quizá con él tendría una oportunidad de vivir tranquila. Pero pronto desechó la idea: no tenían a dónde ir y tarde o temprano tendrían que regresar a casa.

Mientras tanto, Rosa atendía a los demás hijos con dedicación, como la buena madre que era para todos, excepto para Mariana. El desdén estaba reservado solo para ella. Laura, aunque desafiara mil veces su autoridad, siempre recibía un cariño especial por ser la primogénita. Sin embargo, al caer la tarde, Rosa se preocupó: Laura no había regresado. Era la primera vez que se atrevía a faltarle el respeto, y Rosa sabía que tendría que ponerla en su lugar.

En esos momentos de reflexión, los únicos en que se sentía culpable, el pasado volvía a visitarla. Recordaba los errores de su juventud y los horrores de su infancia, cuando fue víctima de los abusos de sus propios padres. Con tristeza, evocaba cómo su madre y su padre la habían regalado a una familia extraña cuando apenas tenía cinco años. Recordaba también cómo, al volver, encontró a su madre con otro hombre y a su padre casado con una mujer llena de odio. Un odio que ella misma había sufrido muchas veces.

Entre una y otra memoria de su vida, ella encontró a Israel y con él la promesa de una vida mejor. Al mismo tiempo descubrió su error: querer demostrarle a su familia que era capaz de conseguir a alguien que la amara por lo que era, y no por lo que otros querían que fuera. De ahí nació la peor decepción de su vida: Israel dudó de ella y la hirió de una manera que ni sus orgullos falsos ni su corazón pudieron perdonar. El resultado de aquel orgullo herido fue el maltrato hacia la hija de ese hombre, quien intentó pedir perdón más de una vez, cansándose de no encontrarlo. Cuando Israel desapareció de su vida, la niña ocupó su lugar, recordándoselo constantemente. Con el tiempo, aquel amor se transformó en resentimiento, y ella solo lo aliviaba descargándolo sobre la única persona que llevaba algo de Israel en su sangre.

Después de viajar por su pasado, la mujer regresó al presente. Uno de sus hijos le pidió un vaso de leche y, sintiéndose espiritualmente vacía, caminó hacia la cocina. Miró por la ventana de madera incrustada en la pared y vio a Laura y Mariana regresar a casa. Sintió alivio por una y pena por la otra. Había intentado mirar a su hija con los mismos ojos con que veía a los demás, pero Mariana tenía demasiado de su padre, y el rencor que sentía hacia él era incontrolable.

Unos minutos más tarde, las jóvenes entraron. Mariana, acostumbrada al castigo, fue directo a su cuarto; Laura la siguió resignada, sabiendo que también le tocaría castigo por lo dicho en la mañana. Esa noche transcurrió con las dos encerradas en su cuarto, llenas de miedo y resentimiento, mientras su madre permanecía en la sala con sus enojos y remordimientos. Nadie dio el paso para rectificar, y todo el domingo se mantuvo un silencio que solo el tiempo rompería.

El lunes, la rutina volvió a tomar las riendas. Laura y los hermanos menores fueron a la escuela; Mariana, a la cocina y a la quebrada. Unos buscaban futuros, mientras ella perdía oportunidades que solo los demás tenían derecho a reclamar. Trabajaba a tiempo completo para su familia y, a escondidas, se veía con Amalio. Entre frustración y frustración comenzó a rebelarse contra los abusos que sufría. Laura, cercana a los dieciocho años, mantenía un noviazgo con un muchacho del barrio, lo que ponía en riesgo el único apoyo que Mariana tenía en su vida de cenicienta de trapos. Ella sabía que, si su hermana se escapaba con su novio, quedaría sola a merced de las frustraciones de su madre.

Un día, la madre trajo un nuevo pretendiente a la casa, después de años de soledad. Con su llegada, Mariana comenzó a estorbar más que nunca. Las reglas se hicieron más estrictas: solo podía salir de su cuarto por las mañanas para cumplir con los quehaceres. Cuando el pretendiente visitaba, ella era la única que no podía salir. Si él invitaba a la familia a pasear, Mariana quedaba sola en casa, como en un castigo eterno. Rosa pensaba que era lo mejor: si veía a Mariana, el recuerdo de Israel no la dejaría confiar en aquel otro hombre que podía darle ayuda económica.

Con el tiempo, la relación se volvió más seria. Mariana solo salía de su cuarto para cocinar, fregar y lavar ropa, trabajando como una esclava. Un día, al ir a lavar la ropa de todos —incluida la del futuro padrastro—, se encontró con Amalio en el lugar de siempre. Al quedarse solos, comenzaron a besarse y tocarse como cualquier joven de su edad. No se percataron de que una mujer venía por el camino. De repente, Mariana sintió que alguien le arrancaba el cuero cabelludo. El dolor fue inmediato y, entre sollozos, escuchó la voz que más temía:

—¡Ajá! Eso es lo que tú haces cuando te dejo en casa, canto de sinvergüenza —gritó Rosa, enfurecida.

—¡Ay! —chilló Mariana, mientras su madre la arrastraba por el pelo.

—Te voy a dar una pela pa' que se te quiten las bellaqueras.

—Mamá, suélteme, por favor...

—Te voy a encerrar en la casa y no te voy a dejar salir más.

—¡Señora! —gritó Amalio, sin saber qué hacer.

—Usted se calla, cari sucio, ¿cómo se atreve a hablarme?

—Yo quiero a su hija y quiero...

—Lo que tú quieras me importa un carajo. Mejor te vas antes de que te jalte a palos también.

—Señora, con todo el respeto que...

—Que te vayas pal carajo, sinvergüenza.

—Yo no me voy a ningún lado. Aunque usted no quiera, yo quiero a su hija y...

—Y no la vas a volver a tocar. Ustedes, los hombres, son todos iguales: quieren y quieren hasta que se cansan y se les cruzan otras faldas por el frente.

—Yo no soy así.

—¿Tú eres hombre, no?

—Sí, señora.

—Pues eres así.

—¡Mami, suéltame!

Rosa continuó arrastrando a Mariana por el camino. Ella gritaba de dolor, mientras Amalio las seguía desesperado. La gente miraba entretenida, sin intervenir. Solo la madre de Amalio se atrevió a hablar, pero fue para decirle a su hijo que no se metiera en los asuntos de aquella familia: ese era el derecho de la madre y nadie podía juzgarla.

Entre jalones y empujones llegaron a la casa. Rosa pidió a uno de sus hijos menores que fuera al monte a buscar una varita de guayabo o tamarindo. El niño, confundido y aterrado, entendió lo que su madre haría con aquella varita. No tenía opción: si no cumplía, ella les pegaría a los dos.

El niño buscó la varita más delgada que pudo, pensando en su hermana y en el dolor que sufriría. Recogió la varita entre lágrimas de desesperación, sintiéndose sucio y traicionero. Al regresar, se la entregó a su madre y corrió a su cuarto, escondiéndose bajo la cama para escapar del miedo y la culpa. Rosa entró al cuarto de Mariana con la varita en mano y le propinó la golpiza más grande que se había visto en aquel hogar.

Entre gritos y sollozos, Laura regresó de salir con su pretendiente. Al escuchar a su hermana llorar, sintió una punzada en el corazón, mezcla de pena y rabia. Sin pensarlo, entró al cuarto y agarró la mano de su madre, que estaba fuera de sí. Forcejearon unos instantes, hasta que Laura gritó desesperada:

—¡Ya pare, mamá, que la va a matar!

La mujer miró a su hija y reaccionó de inmediato. Al contemplar a la jovencita, la vio cubierta de ronchas y sangre, como si fuera víctima de un crimen violento. Rosa se desplomó bajo el peso de su propio odio y se sintió la persona más vil del mundo. Miró a Laura e intentó pronunciar unas palabras, pero ninguna salió de su boca. Laura, tirada junto a Mariana, lloraba de rabia e impotencia; Mariana, por su parte, sollozaba en silencio, hundida en la humillación y el dolor. Rosa se levantó, intentó hablar otra vez, pero no pudo. Salió del cuarto cabizbaja.

Durante los días siguientes no hubo palabras entre la mujer y sus hijas. Rosa se iba temprano a trabajar, mientras Laura y los pequeños asistían a la escuela, y Mariana quedaba sola, haciendo lo de siempre. Tenía prohibido salir de la casa y mucho menos hablar con Amalio. Rosa había hablado con la madre del muchacho, y él estaba bajo la misma restricción, para evitar problemas entre las familias.

Una mañana de otoño, Mariana sintió que algo entraba volando por la ventana. Se asustó, miró alrededor y no vio nada, hasta que una piedrita chocó con su pecho. Miró hacia afuera y otra piedrita cayó dentro de la habitación. Corrió hasta la ventana de madera y descubrió a Amalio escondido detrás de la pared. Una mezcla de alegría y terror la invadió: lo extrañaba, pero temía lo que su madre haría si lo descubría. En voz baja, se comunicó con su príncipe de papel:

—¿Qué tú haces aquí? ¡Estás loco! —susurró Mariana.

—Quería verte y no me aguanté —respondió Amalio con una sonrisa.

—Tú sabes lo que mami va a hacer si te ve aquí.

—Lo sé, pero no puedo aguantar las ganas de verte.

—Vete, por favor, que me vas a meter en problemas y me van a dar otra pela.

—Lo sé, pero no es justo.

—¿Y qué vamos a hacer?

—¿Quieres irte conmigo?

—¿Irme contigo?

—Sí, vente conmigo y vámonos de aquí.

—Yo no puedo irme así.

—¿Quieres quedarte encerrada toda la vida?

—Es que eso no está bien.

—Yo te quiero y me quiero casar contigo.

—Yo también, pero así no.

—¿Y cómo, si tu mamá me odia?

—Mi mamá no te odia.

—¿Y entonces?

—No sé, no sé.

De pronto, Mariana escuchó la puerta abrirse. Le hizo señas a Amalio para que se escondiera. Laura entró al cuarto y notó a su hermana nerviosa.

—¿Qué tú haces? —preguntó.

—Nada —respondió Mariana.

—Ajá, y yo me chupo el dedo.

—¡Ay, chica, yo no estoy haciendo na'!

—Ahora tú crees que yo soy una zángana.

—Ok, ok.

Mariana le contó lo sucedido minutos antes. Laura la escuchó sorprendida y, al terminar, comentó:

—¿Puedes creer lo que se le ocurre a Amalio? —preguntó Mariana.

—A lo mejor estás mejor si te vas con él —dijo Laura.

—¿Tú estás loca? ¿Y dejarte sola?

—No me dejas sola, yo también me voy pronto.

—¿Y entonces?

—Entonces quiero que cuando yo me vaya, tú ya no estés aquí.

—¿Y por qué no?

—¿Tú eres pendeja o qué?

—Es que no sé.

—Sí sabes. Si te quedas aquí sin mí, vas a pagar por todos los platos rotos.

—Es que no sé, creo que...

—Pues yo digo que con Amalio tienes la oportunidad de vivir mejor y sin maltratos.

—¿Y si no sale bien?

—Si no sale bien, siempre puedes contar conmigo.

—¿Y cómo lo hago?

Laura comenzó a planear el escape. Primero contactarían a Amalio para fijar día y hora. Luego empacarían los trapos que Mariana llamaba ropa. El día acordado, Mariana escaparía por la misma ventana donde Amalio apareció. Todo debía salir según el plan, sin que nadie lo descubriera.

Pasaron los días y llegó la mañana esperada. Bajo una fuerte lluvia, Mariana abandonó aquella prisión que llamaba hogar, en brazos de su amado Amalio. Laura se quedó atrás para asegurarse de que nadie los viera. Mariana y Amalio huyeron en un carro que parecía una carroza de cuento de hadas: la cenicienta de trapos partía con su príncipe de papel hacia un barrio pobre en otro pueblo.

Al caer la tarde, Rosa regresó a casa y notó que algo faltaba. No olía a comida y los trastes sucios la esperaban en el fregadero. Fue al cuarto de Mariana y no la encontró. Abrió el ropero y descubrió que faltaban sus trapos. Instintivamente, fue a la casa de Amalio, pero su madre le dijo que no los había visto. Rosa volvió a casa, molesta y con un vacío en el pecho. Se sintió decepcionada, pero no de su hija.

Sentada en el sillón, lloró calladamente. Comprendió que había cometido los mismos errores que sus padres con ella. Entre lágrimas, recordó su niñez, pensó en Israel, en el orgullo y el rencor que la habían consumido, y en cómo se desquitó con su hija. Se sintió decepcionada de sí misma y supo que nunca se perdonaría si Mariana no la perdonaba.

Minutos después, Laura la encontró llorando, pero no preguntó nada. Mientras tanto, Mariana y Amalio llegaron a la casa del padre de él, un sitio pequeño donde apenas cabían. Mariana se sentó y lloró, recordando todo el sufrimiento desde aquel último día en que saltó la cuica. En ese momento se prometió que, pasara lo que pasara con Amalio, nunca repetiría los errores de su madre, que la habían convertido en una cenicienta de trapos: sucios de odio y empapados con la decepción de unos falsos orgullos incapaces de perdonar el pasado ni respetar el futuro.

Esta obra fue publicada originalmente en el libro: Memorias de Otras Vidas

El Regalo

EL CALOR DENTRO DE la habitación era sofocante en la casita de madera y zinc. Como era común en las casas humildes, el techo no contaba con plafón embutido ni decorativo. En aquella casa no había dinero para tales lujos. Mariana estaba sentada frente al tocador, maquillándose por décima vez, luchando contra el bochorno y el sudor. A cada rato, una gotita le bajaba por la sien rumbo a las mejillas, desdibujando los colores que ya se había aplicado más de una vez. Los productos Maja y Avon, colocados frente a ella, mostraban señales de desgaste por el uso constante.

La mujer se miraba al espejo, intentando cubrir con maquillaje las huellas implacables del tiempo. Su corazón latía con rapidez ante el paso de los minutos, pues aquel día tenía una cita especial: era el día de su boda.

El día en que se presentaría ante Dios con su compañero Amalio, para oficializar ante un pastor lo que ya se había afirmado ante los ojos del mundo quince años atrás, cuando, en medio del temor y la desesperación, huyó por una de las ventanas de la casa de su madre Rosa, al no lograr ganarse su respeto ni su cariño. Aquella fuga fue una experiencia traumatizante que aún marcaba sus sueños, transformándolos en pesadillas que regresaban de vez en cuando para robarle la calma.

Mariana, quien ya contaba con treinta años, lucía mayor de lo que decía su fecha de nacimiento. Su vida había estado marcada por la necesidad, las preguntas sin respuesta y un vacío persistente en el alma, al no sentirse en el mismo plano emocional que sus hermanas y hermanos. Siempre fue la oveja negra de la casa, la que "no servía para nada", aunque hiciera de todo. Recibió muchos abusos físicos y emocionales por parte de su madre Rosa, quien, por alguna razón, no lograba expresarle el mismo amor que a sus otros hijos.

Con todos estos pensamientos circulando en su mente, sus manos temblaban incontrolablemente mientras intentaba delinearse los ojos por tercera vez. No podía explicarse aquellos nervios, aunque en el fondo de su mente persistía la imagen del regalo que recibiría de su madre, luego de años preguntando por él. Rosa se lo había prometido para ese día. Y aunque nunca le demostró el mismo amor que a sus hermanos, Mariana sabía que si algo podía decirse de su madre, era que era "una mujer de palabra".

Fuera del cuarto, Amalio esperaba ansioso por completar aquel día y cerrar, de una vez por todas, la odisea de convivir con una mujer que exigía matrimonio ante los ojos de Dios. Aunque para él, como hombre, aquel requisito parecía innecesario, entendía la importancia de cumplir con los deseos de Mariana. Conocía su carácter volátil y su lucha por controlar ciertos aspectos de su vida. También comprendía que aquel día representaba para ella una victoria psicológica, después de tantas frustraciones acumuladas a lo largo de los años.

Mientras tanto, en la quebrada de la región, los cuatro hijos de Mariana y Amalio cumplían al pie de la letra las instrucciones de su madre: bañarse bien y regresar a casa para vestirse con sus mejores ropas de domingo, listos para participar en las nupcias de sus padres. Los dos mayores ayudaban a los menores a estregarse y limpiarse bien, pues si estos regresaban a la casa sucios su mamá no estaría nada de contenta y ellos no querían ver a su Mariana enojada, eso no era bueno.

—Yo no sé pa' qué mami se quiere casar con papi. Eso como que no tiene sentido —decía el hijo mayor, Junior.

—Ella dice que es pa' estar bien con Dios. Yo no sabía que Dios no estaba bien con mami y papi —comentó el segundo, Antonio.

—Achó, no seas zángano. Eso lo que quiere decir es que pa' ir a la iglesia sin que la miren raro se tiene que casar con papi.

—¿Pero ellos ya no están casaos?

—Seguro que no, chico, es que viven juntos.

—¿Y cuál es la diferencia?

—A la verdad que yo no sé.

—¿Entonces?

—Yo la oí hablando con tía Laura, y ella dice que no quiere que nos llamen bastardos.

—¿Y qué es eso?

—A lo mejor significa muertos de hambre.

—Muerto de hambre estoy yo ahora mismito.

—Pues hay que avanzar, que yo vi un bizcocho que tía Lucy hizo pa' mami y papi.

Mientras tanto, Rosa se encontraba sola en la sala de su casa. Sus hijas mayores ya se habían casado y los menores estaban en la escuela. Su mente repasaba los sucesos de su vida, dudando de su resolución de entregarle a Mariana el obsequio que ésta había pedido para su boda. Sabía que aquel regalo traería muchas preguntas: cómo, dónde, cuándo y por qué. Preguntas que, en un momento de rabia, había decidido que nunca respondería.

La reflexión la llevó a su pasado, mucho antes de que Laura y Mariana llegaran a este mundo para convertirla en madre. Por un instante de debilidad se encontró nuevamente perdida en aquel camino donde sus propios padres la habían abandonado, a merced de la noche y la incertidumbre.

Su corazón dio un brinco en el pecho al mirar sus piernas, donde aún podía identificar las cicatrices de aquella noche de horror que nunca la había abandonado. Desde allí emprendió un viaje emocional hacia su primer embarazo y el abandono a manos del padre de su primera hija, Laura. Luego apareció la imagen de un hombre del que se enamoró y en quien intentó depositar fe en la vida, algo que no experimentaba desde su niñez. Pero él también la traicionó, enviándola a un mundo de rencor y desconfianza.

Decidió que no volvería a pasarle. Y cuando Mariana llegó a este mundo, coincidió con aquella resolución: la niña se convirtió en el blanco de todas sus frustraciones.

Un sentimiento de arrepentimiento invadió su cuerpo en el momento en que hacía este análisis de lo que hasta entonces había sido una vida llena de odios inexplicables en su contra. Su papá nunca la quiso y su mamá tampoco. Desconocía el porqué de aquella falta de amor y, hasta ese instante, nadie le había dicho qué había hecho para que la abandonaran emocional y físicamente. Sentada con el regalo ya listo, sabía que éste iba a causar un mundo de dolor y también que podía significar perder su última oportunidad de restablecer relaciones con su hija Mariana. Solo esperaba, en lo más profundo de su corazón, que su hija aceptara el obsequio y encontrara una razón para perdonarla por haberla sometido a los mismos abusos que ella había sufrido de sus propios padres.

En su casa, Mariana ya estaba lista para completar aquel día. Aunque había soñado con una boda de traje blanco, damitas tirando flores y una iglesia llena de gente sonriente, ya estaba acostumbrada a no tener las cosas como las quería. Se conformaba con saber que ese día recibiría una de las cosas que más deseaba en el mundo, y eso debía ser suficiente para ella. De repente volvió a mirarse en el espejo, con el maquillaje firmemente aplicado, antes de ver en el reflejo a la niña asustada caminando rumbo a la casa junto a su madre.

—Te dije que no —dijo Rosa, recalcando con la mirada.

—Pero mamá, yo quiero ir también.

—¡No! Tú estás castigada.

—¿Pero por qué?

—Por dejar quemar el arroz y dejar secar la carne.

—Eso no fue mi culpa. El bebé estaba llorando y lo fui a atender.

—¿Adónde lo fuiste a atender, a jurutungo?

—Mamá, usted sabe que yo nunca dejo dañar la comida.

—¿Me estás llamando embustera?

—¡No!

—Entonces no fuiste tú la que dejó quemar la comida.

—Sí fui yo, pero...

—Pero nada. Usted no se merece ir a la playa con nosotros. Se va a quedar aquí cocinando y fregando pa' ver si aprende a hacer las cosas bien.

—Eso no es justo, yo... —alcanzó a decir Mariana antes de comenzar a llorar.

—Déjese de estar llorando como una bebé.

Esas eran las memorias de su niñez que constantemente retumbaban en su mente. Viviendo dentro de la casa, pero sintiendo que siempre estuvo fuera de ella. Incluso a aquella corta edad entendía que su realidad y la de sus hermanos eran diferentes, pues ella era la única bastarda de la familia: la niña sin padre que cargaba con los dos apellidos de su madre. Aquel hombre al que no conocía, ni como bueno ni como malvado, porque su madre siempre le repetía que ella era el resultado de una noche de pasión sin protección. Un descuido, un gran error.

Así era como Mariana se sentía cuando experimentaba momentos de insignificancia: como si su vida fuese un tropiezo que alguien no pudo evitar. En esos instantes, su alma se percibía vacía, sin razón ni rumbo cierto.

Era en esos momentos cuando Mariana envidiaba a sus hermanos hasta sentir un poco de desdén, incluso odio, pues en su mundo de niña sin padre era la única que no contaba con un hombre al que pudiese llamar papá. En ocasiones intentó colarse para que la incluyeran en la familia. Trató muchas veces de llamar "papá" a alguno de los padres de sus hermanos, pero éstos la miraban unas veces con pena y otras la ignoraban por completo, diciéndole que no estaban para tener más hijos, mucho menos los hijos de otro hombre. Durante toda su niñez, el único apoyo que Mariana tuvo fue su hermana mayor, Laura, quien aunque tampoco tenía un padre que la visitara o buscara, al menos contaba con los apellidos de éste.

Mientras Mariana continuaba recorriendo sus memorias, Amalio se aseguraba de que todo en aquel día saliera al pie de la letra, tal como su mujer lo deseaba. La pequeña sala estaba limpia, con una diminuta mesa que serviría de púlpito para el pastor Don Ernesto, quien presentaría a la pareja ante Dios y pediría oficialmente la bendición, quince años después de lo que la sociedad hubiera esperado. En el refrigerador se resguardaba del calor un pequeño bizcocho preparado por su cuñada Luz María Benítez —tía Lucy, como la conocían los niños— para que no se derritiera.

En el batey[1] , los cuatro hijos jugaban con cuidado, esperando el momento en que el pastor declarara las nupcias concluidas para poder comerse un pedazo de bizcocho, algo poco común en una casa de tan bajos recursos como la suya. Para ellos, aquel día no tenía el mismo significado que para su madre. Mariana, en un intento de protegerlos de sus frustraciones, se había asegurado de tratarlos de manera justa, o al menos neutral. Sin embargo, desde la perspectiva de los dos mayores, los menores parecían tener una vida más fácil de la que ellos mismos percibían.

—¿Cuándo será que van a hacer la boda esta? —preguntaba Antonio.

—Ya mismo, es que el pastor no ha llegáo. —contestó Junior.

—Es que ya me quiero quitar esta ropa, tengo una calor del diatre[2] .

—No te atrevas a quitarte la camisa. Tú sabes cómo es mami.

---

1. Batey: Palabra taino para patio.

2. Diatre: Interjección popular usada para expresar sorpresa u otras emociones internas.

—¡Yo sé! Si me la quito me da una pela[3] .

—Y con la varita de tamarindo, que pica más que na'.

—¡Es que tengo una calor!

—Yo también, pero no quiero que mami me prenda [4] con la varita de tamarindo.

En su hogar, Rosa contemplaba aún el regalo que la amonestaba como si se tratara de un demonio encerrado, un genio de lámpara capaz de conceder un deseo que traería tristeza en vez de riqueza. En realidad, eran demonios de su pasado, aquellos con los que nunca pensó enfrentarse nuevamente y de los que se había resguardado casi toda su vida. Una sensación de fatalismo, mezclada con un poco de esperanza, inundaba su cuerpo mientras su mente la llevaba de regreso a un camino oscurecido, cuando apenas contaba con cinco años, en uno de los momentos que definió la etapa más frustrante de su existencia.

Fue en aquel momento cuando sus padres la abandonaron en medio de un camino, con la intención de borrarla de sus vidas. Luego de ser rescatada por un extraño que terminó convirtiéndose en su padre adoptivo, Rosa comenzó a sentir un rencor que ocultó por muchos años. Sus sentimientos de valor humano y pertenencia se desvanecieron cuando, semanas después de aquel abandono, se encontró con su hermano menor en la Plaza del Mercado de Río Piedras y terminó regresando a la casa con la certeza de que no la querían igual que a sus hermanos.

—¿Por qué mi papá no me llevó a la casa con mis hermanos? —preguntaba Rosa a su padre adoptivo.

—Eso no importa.

—Pero yo quiero irme con mis hermanos.

—Yo sé, pero ahora mismo no se puede.

—¿Y por qué no?

—Niña, solo te puedo decir que ahora mismo no se va a poder.

—Pero yo quiero irme pa' casa con mis hermanos.

---

3. Una pela: Una golpiza.

4. Me prenda: forma de decir me de golpes como castigo.

—Algún día, niña... algún día.

—¿Es que no me quieren?

—Yo no dije eso —respondió el hombre, escondiendo la cara, mientras ella se ahogaba en dudas que su alma de niña no estaba preparada para desestimar.

Con todas estas memorias en su mente, le llegó el recuerdo del nacimiento de Mariana. Aquel día, inexplicablemente, estaba arropada por todas las frustraciones de una vida que parecía estancada en los fangos de una arena movediza. Durante aquel parto laborioso no pudo dejar de pensar en las injusticias de las que había sido víctima. Y, para colmo, aquella criatura venía al mundo después de que, tras una pelea intensa, decidiera abandonar al padre de la niña antes de que éste hiciera lo mismo que el padre de su primogénita, Laura.

Las memorias de la discusión y su orgullo herido, mezcladas con las contracciones del parto, comenzaron a cristalizar un rencor en su corazón de mujer enamorada y herida. Fue en ese instante, cuando la niña dio sus primeros gritos al sentir el frío atmosférico de la sala de partos, que Rosa percibió que la llegada de su beba era una mala carta jugada por el destino.

Al mirar a la niña por primera vez, Rosa quedó atrapada en dudas existenciales acerca de su propósito en la tierra y su valor como ser humano. Aquel momento depresivo fue el que marcó la llegada de Mariana, y por eso Rosa comenzó a identificar todas sus frustraciones con el nacimiento de la niña. Intentó evadir aquellos pensamientos y concentrarse en el bienestar de su hija, pero los sentimientos eran demasiado potentes para ignorarlos.

Mientras Rosa se sumía en este análisis de cómo había llegado a ese punto, Mariana no podía dejar de pensar en su niñez y en las muchas veces que le rogó a su angelito de la guarda por el cariño que sus hermanos recibían. Todas las noches, muchas de ellas bajo el mandato de un castigo, se acostaba en su cama a mirar el techo y escuchar las olas del Océano Atlántico arremetiendo contra las piedras afuera de la casa, en la barriada La Perla de San Juan. Desesperada por la aprobación de su madre, buscaba constantemente razones para el trato que recibía y los cariños que le faltaban.

—¿Por qué será que mami no me quiere? —le preguntaba Mariana a su hermana Laura.

—Mami te quiere.

—Pero no igual que a ustedes.

—Es que ella es un poco complicá.

—¿O será que no soy hija de ella y soy adopta, como dice la vecina?

—¡Chacha[5], no seas zángana! Tú eres hija de mami como todos nosotros.

—Es que yo me siento como la patita fea de la casa.

Reflexiones como estas eran muy comunes en la vida de Mariana desde que huyó de aquella casa de la mano de su novio Amalio, otro pobre de este mundo buscando amor en medio de la necesidad económica. Y aunque ya habían superado los momentos difíciles de adaptarse el uno al otro, de vivir en la constante lucha por sobrevivir en el sótano de la accesibilidad económica, Mariana aún necesitaba más: necesitaba sentirse amada por su familia de cuna.

Llegaron las tres de la tarde, la hora acordada por el pastor para la ceremonia que daría paso a la aceptación de Dios de aquellos seres como una familia guiada bajo su ley. Don Ernesto, el pastor de la iglesia pentecostal del barrio, llegó a los umbrales de la pequeña casa lleno de sudor y un poco sofocado. En su mirada se podía leer el cansancio de haber tenido que subir la colina en dirección al lugar. El hombre, que ya contaba con unos sesenta años, era una constante muestra de entrega al servicio de Dios. Todos en el barrio lo conocían como "Mano Tito", el pastor de la iglesia y uno de los mejores ejemplos de lo que significa vivir plenamente lo que se predica, sin excusas para no poner en práctica las cosas difíciles de la religión.

Sentado en la pequeña sala, "Mano Tito" les explicaba a Mariana y Amalio los procesos a seguir en aquel día, asegurándose de que entendieran los pasos que tomaban en ese momento. Todo debía hacerse al pie de la letra para satisfacer las reglas del hombre y las de Dios. Mientras el pastor repasaba el itinerario, Mariana continuaba pensando en su regalo y en la finalidad que éste podía traer a su vida. Envuelta en todos aquellos pensamientos, su mente alternaba entre escuchar las instrucciones del pastor y las voces de su subconsciente, que seguían plantando dudas como un sembrador planta semillas de maíz en un terreno fértil.

—Muchacha, no pienses así —decía la voz de la tía Lucy.

—Es que tengo miedo de que no lo pueda encontrar.

—Debes dejar que Dios se encargue de eso y no estar perturbándote la paciencia.

—Es que soy la única que no tiene, y creo que por eso mami no me quiere igual.

---

5. Chacha: Muchacha.

—Lo que tu mamá ha hecho es cosa de ella. Tú no debes tenerlo para que te quieran; eso no es culpa tuya.

—A veces creo que sí. Que de alguna manera soy la culpable de que no me quieran.

—¿Cómo que no te quieren? Tienes un esposo que te quiere. Tienes cuatro hijos que te quieren. Yo te quiero como si fueras mi hermana. Y estoy segura de que tu mamá y tus hermanos también te quieren.

—Es que yo no sé si me quieren igual.

—Mija, no te preocupes por eso. No vale la pena agobiarse con lo que otras personas hacen.

—Yo quisiera ser igual.

—Tú eres igual, y el que no lo vea es el que está mal.

—¿Tú crees que lo vaya a encontrar?

—Eso solo lo sabe Dios.

Mariana estuvo envuelta en sus pensamientos hasta que el pastor preguntó si había alguna duda acerca del procedimiento. Amalio contestó que no y miró a su mujer un poco confundido, pues había sido ella quien insistió durante tanto tiempo en casarse con él.

—¿Estás bien? —preguntó preocupado.

—Sí.

—¿Qué te pasa, que estás como distraída?

—Nada, es que estoy pensando en lo que mami me ofreció.

—Bueno, después de que "Mano Tito" nos case, podrás ver si tu mamá te da lo que le pediste.

—¿Y si se echa pa' tras?

—Tú sabes que Doña Rosa no es así.

—Es que estoy tan nerviosa.

—Ya veo, pero nada vamos a hacer hasta que hagamos lo que tenemos que hacer ahora.

—Niña, tenemos que aprender a dejarle esas cosas a Dios. Él sabe lo que hace —comentó el pastor.

—Es que he esperado tanto por ese regalo que ahora ya no sé ni qué hacer.

—Puedes casarte con Amalio pa' salir de este calor que sofoca.

—Está bien.

—Entonces vamos a comenzar.

El pastor comenzó las nupcias en medio de la sala, como lo había hecho en tantas ocasiones en el templo de la iglesia, mientras personas como Laura, Lucy y otros familiares de Amalio presenciaban el proceso. En una esquina, los niños se mantenían callados y ordenados bajo las miradas amenazantes que Mariana les dirigía, mientras "Mano Tito" pronunciaba las palabras requeridas por Dios para las nupcias de los comprometidos. Todo transcurría según lo planeado, aunque en la mente de la novia la ausencia de su madre traía augurios de fatalidad.

—¿Será que mami no me va a dar el regalo que me ofreció? —se preguntó a sí misma.

De repente esa pregunta la hizo volver a sentirse insignificante, pues regresó a su memoria la imagen de su hermana Laura el día de su matrimonio. En aquella ocasión, Rosa estuvo presente y alegre de ver a su primogénita dar aquel paso tan importante. Pero ahora, brillaba por su ausencia en la boda de su hija Mariana. Antes de que el pastor pronunciara las palabras oficiales, la mente de Mariana la había traicionado de manera cruel y vil.

—Cumpleaños feliz te deseamos a ti, cumpleaños Juanito, cumpleaños feliz.

Escuchaba a su madre cantándole a su hermano menor en una de sus memorias, para luego recordar que dos días más tarde, en su propio cumpleaños, no hubo bizcocho, cantos jubilosos ni reconocimiento del evento que la había traído al mundo. Desde allí emergió otra memoria: el Día de Reyes, cuando había cumplido con todos los requisitos para recibir un regalo el 6 de enero.

Buscó la cajita de zapatos que guardaba bajo su cama, de unos zapatos comprados para uno de sus hermanos. La llenó de pasto fresco, como lo pedían las reglas, y la colocó debajo de la cama, como todo niño en Puerto Rico en 1966. Había sacado buenas notas en la escuela y se había comportado bien. Por eso, en su mente aparecía la imagen de la muñeca Barbie que había pedido a los Reyes, imaginando que la cuidaría y protegería como si fuese su propia hija. Pero al día siguiente, la decepción de encontrar la cajita aún llena de pasto continuaba hiriéndola incluso treinta años después, como lo hacían las memorias de sus hermanos jugando con juguetes nuevos, ignorando que a Mariana los Reyes la habían castigado por el crimen de haber nacido.

Eventualmente, sus recuerdos se detuvieron en el momento más trascendental de su vida: el día en que un empleado de la escuela la buscó en el batey para llevarla a la oficina, justo cuando su madre la había dado de baja en la institución con la intención de convertirla en la eterna cenicienta de trapo. Sin embargo, aquella muchacha se escaparía de sus encierros, no en una carroza mágica, sino a través de una ventana y en el carro de un amigo de su prometido, que se convertiría en su vehículo de fuga y en el instrumento que pondría fin a su niñez con apenas trece años.

Sumida en pensamientos, Mariana comenzó a sentir ganas de llorar. Entonces sintió la mano de Amalio apretando la suya, y al mirarlo con una mezcla de tristeza y amor, comenzó a sentirse agradecida de que, dentro de tantas penas, aún podía contar con su apoyo incondicional. Ese pensamiento trajo un rayo de esperanza a su ser, pues después de todo, no todo había sido negativo en sus experiencias de vida: contaba con la presencia de muchas personas que la valoraban y validaban su derecho a existir sintiéndose querida.

En su casa, Rosa también sentía ganas de llorar, aunque en su caso era por una mezcla de amor y culpas. El tiempo le había dado la oportunidad de reflexionar acerca de su relación con su hija, invitándola a momentos de introspección que a su edad se habían vuelto comunes. Ya no sentía la rabia contra el mundo que había experimentado en aquel verano de 1956, cuando la niña nació. Ahora era una madre con experiencias, dedicada a asegurarse de no abandonar a sus hijos como la habían abandonado a ella. Contaba con vivencias que le habían dado la perspectiva necesaria para decidir cuáles cosas eran esenciales y cuáles de poca importancia.

Ahora que reconocía la importancia de su papel de madre, entendía que con Mariana no había jugado ese rol con la misma eficacia que con sus otros hijos. Analizaba los castigos innecesarios y los momentos en que había sido verdugo de los sueños de la niña que hoy se convertía en mujer casada. Las lágrimas comenzaron a salir de sus ojos, pero no le ofrecían el alivio emocional que deseaba, pues volvía a sentirse perdida, como aquella niña en el camino, abandonada sentimentalmente a las consecuencias de su historia.

De repente deseó llegar a la boda y decir algunas palabras acerca de su hija, pero entendía que su lugar como madre abnegada no estaba allí. No quería convertirse en una distracción para Mariana ni exponerse al sinnúmero de preguntas que, sin duda, su regalo traería. Otra vez sintió los latidos de su corazón acelerarse ante la posibilidad de que Mariana no recibiera su obsequio de la manera que ella esperaba, y esto la hizo recordar el momento en que su hija lo había pedido:

—Mamá, me voy a casar con Amalio en el verano.

—Ya tú estás casada.

—No, mamá, me voy a casar por la iglesia, como manda Dios.

—¿No crees que es un poco tarde para eso?

—¡No! Yo quiero hacer las cosas bien.

—Pero muchacha, si ya tú estás casada, aunque no lo diga un papel.

—Yo quiero estar casada como Laura, legalmente.

—Bueno, yo creo que eso es un gasto de tiempo, pero si tú quieres hacerlo, hazlo.

—Cuando tenga la fecha la invito para que esté presente.

—Yo te dejaré saber si puedo ir.

—Ok, mamá, después no diga que yo no la invité.

—¿Y qué tú quieres que te regale el día de tus bodas?

—Yo quiero que usted me...

Al escuchar la requisición de su hija, Rosa se mostró incómoda y un poco molesta, pues algo como eso no lo había considerado en el momento en que hizo el ofrecimiento. Su voz se alteró levemente, y Mariana lo recibió como una bofetada de mano abierta. Sostuvieron una ardua discusión disfrazada de conversación normal, que terminó con la hija marchándose molesta.

Luego de aquella tensión, Mariana regresó a su casa con una incomodidad persistente en el pecho. A sus treinta años, su madre seguía sin mostrarle el mismo respeto y consideración que ofrecía a los demás. Siempre había sido así: era Mariana quien visitaba a su madre, nunca al revés. La situación se complicaba aún más porque Amalio no sabía conducir ni tenía automóvil, lo que hacía que esas visitas fueran poco frecuentes. Además, como Mariana no tenía teléfono en su hogar, la comunicación entre ambas se volvía esporádica y fragmentada.

Pasaron varias semanas y, con la fecha de la boda aproximándose, Mariana le pidió a Amalio que consiguiera a alguien que la llevara a visitar a Rosa, pues quería saber si había reconsiderado la invitación. El amigo de Amalio, Benito, accedió a transportarlos al pueblo de Guaynabo un sábado por la mañana. Durante el viaje, Mariana se sintió esperanzada: quizá aquel momento le daría la oportunidad de comenzar a sanar la relación con su madre, que siempre parecía estar rota.

Al llegar al umbral de la casa de Rosa, se encontró con las puertas cerradas y el lugar desierto. Esperó varias horas a que su familia regresara, pero eso no sucedió. Entonces le pidió a Benito que la llevara a visitar a su hermana Laura, quien vivía a unos kilómetros.

Laura estaba sentada en el balcón cuando Mariana llegó.

—Oye, fui a visitar a mami y no la encontré.

—¿A visitar a mami? —preguntó Laura, sorprendida.

—Quería saber si reconsideró ir a mi boda o si me va a dar el regalo que le pedí.

—Bueno, lo del regalo que le pediste, a mí me consta que te lo va a dar.

—¿Y no va a ir a mi boda?

—No, eso no lo va a hacer.

—¿Lo ves, chica? Nunca se va a comportar igual conmigo.

—Ya tú sabes que ella es muy complicada.

—Complicada conmigo, porque con ustedes no.

—Bueno, mija, no te enojes conmigo, que tú sabes que yo no tengo la culpa.

—Cuando salga de aquí, me planto frente a su casa hasta que venga, para que me diga por qué no va a ir.

—Eso no lo vas a poder hacer.

—¿Por qué no?

—Porque mami hace más de un mes que se fue pa' allá afuera.

—¿Cómo que se fue pa' llá afuera?

—Mami se fue con los muchachos pa' Connecticut hace rato. ¿No te lo dejó saber?

—A mí nadie me dijo na'.

—Yo creí que tú lo sabías. Todos los demás lo saben.

—A mí nadie me dice na', nadie, ¡carajo! ¡Parece como que no existo!

Mariana comenzó a llorar, sintiéndose nuevamente traicionada por la dejadez de su madre, que no la consideraba digna de recibir el mismo trato que sus hermanos. Luego de diecinueve años de haberse ido de la casa, seguía siendo la patita fea del hogar. Al verla derrumbada, Laura y Amalio intentaron consolarla con palabras que sonaban vacías en sus oídos. Dentro de su pecho, la quemazón de aquella última humillación se escapaba por los poros de su piel y por la lluvia de dolor que brotaba de sus ojos. De nada habían servido tantos intentos de ser vista como igual: seguía siendo la cenicienta de trapos que se escapó por la ventana.

Mariana se marchó a su casa, nuevamente herida. Su hermana, igualmente molesta, llamó a su madre. Volvió a reclamarle, como lo había hecho desde aquella primera vez en que se interpuso entre Rosa y la golpiza que le estaba dando a Mariana. La llamada terminó en lo que ya parecía un patrón: Rosa, enfrentada con la realidad de sus acciones, colgaba el teléfono una y otra vez, solo para recibir otra llamada y escuchar la voz alterada de Laura al otro lado de la línea.

Nada parecía cambiar. Y aunque Laura era su primogénita y Rosa la adoraba, a su hija no le importaba un carajo el cariño de su madre si éste no podía compartirse también con Mariana. Al terminar aquella conversación a gritos, Laura le dijo unas palabras a su madre y colgó.

Días después, tras reflexionar y sentir la presión de Laura, Rosa decidió regalarle a Mariana lo que había pedido. "Eso es lo menos que usted puede hacer por Mariana", le había dicho su hija mayor.

En la sala de la casita de Mariana, el pastor acababa de pronunciar las famosas palabras: "Los declaro marido y mujer". Aquello abrió las puertas a las lágrimas de Mariana, que se veía por fin validada por la sociedad y sus absurdas reglas. Pero sus lágrimas cargaban más que eso: llevaban la decepción de encontrarse nuevamente dando un paso importante sin la presencia de su madre, otra vez ausente como siempre.

Al verla llorar, los niños corrieron a abrazarla, confundidos por el dolor que observaban.

—¿Por qué es que mami llora? —preguntó Manuel, uno de los menores.

—A la verdad que yo no sé —contestó Antonio.

—Es que está contenta —dijo Junior.

—Si está contenta, ¿por qué llora? —volvió a preguntar Manuel.

—Eso yo no lo sé —respondió Junior.

—Bueno, al menos papi la está abrazando —añadió Antonio.

Eventualmente Mariana sintió un poco de alivio, y esto dio paso a la pequeña celebración del día: arroz con gandules y cerdo asado. Los invitados comieron y conversaron sobre los acontecimientos y los bochinches de la semana en el barrio Quebrada Negrito. El pastor se paseó por el batey aconsejando a la juventud que buscara de Dios temprano en la vida, aunque éstos estaban más interesados en recibir el pedacito de bizcocho que esperaban.

Concluido el evento, uno por uno comenzó a marcharse a sus casas, donde de seguro comentarían lo que salió bien y lo que salió mal en la ceremonia. "Mano Tito" también se despidió y se fue a preparar los papeles que harían oficial la unión. La tía Lucy se quedó ayudando a Mariana a limpiar los platos, mientras la tía Laura aún tenía en su posesión el regalo que Mariana deseaba.

Entraron al pequeño cuarto y comenzaron a abrir los obsequios que la familia y los vecinos habían traído: un polvo Maja para la cara, un perfume Chanel No. 5, algunos productos Avon y hasta una olla de presión nueva. Mariana los miró todos con agradecimiento, pero lo que más deseaba lo tenía su hermana Laura.

Laura sacó un sobre de su cartera y se lo entregó a Mariana, aconsejándole:

—Pase lo que pase, recuerda que yo siempre estaré aquí contigo.

Mariana abrazó a su hermana y comenzó a temblar ante la fuerza de sus propias expectativas. Abrió el sobre nerviosa y, por primera vez, lo vio: el nombre de su padre, el regalo que más deseaba después de una vida sintiéndose como la bastarda que siempre fue. La niña que creció escuchando a sus hermanos mencionar el nombre de sus padres mientras ella solo cargaba con las palabras:

—Tu papá fue una noche de pasión sin protección.

Ahora, en sus manos, aquella mentira se desvanecía ante el nombre de su padre. El secreto que su madre le había guardado solo a ella. El secreto que, a los treinta años, le abría la posibilidad de conocer a su progenitor. El mismo día en que sus hijos dejaban de ser bastardos ante los ojos del mundo, ella tenía la oportunidad de dejar de serlo también.

El papelito leía:

—El nombre de tu padre es Israel M...

Laura observó la reacción de su hermana y la conmoción que le causaba sentirse, por primera vez, parte de algo. Ya no era la hija de una mata de plátanos, como cruelmente le habían dicho sus familiares para burlarse de ella. Tenía un padre, un hombre al que, aunque nunca había visto, había necesitado toda su vida. Mientras Mariana sollozaba ante aquella revelación, Rosa, en su casa, se desvanecía en su última decepción consigo misma, pues desde los momentos más oscuros de su alma había nacido el abuso al que expuso a su segunda hija casi todo el tiempo.

El regalo de aquel día vino acompañado de una ráfaga de dolores atrapados por el tiempo y por la crueldad de los padres de Rosa. Era el mismo dolor que ella había heredado y que ahora entregaba a su hija Mariana, un obsequio capaz de deshacer todos los lazos entre ellas. Una estaba atrapada por las heridas de un abuso que nunca mereció; la otra, por las consecuencias de ese mismo abuso. Sin saberlo, ambas eran víctimas del mismo odio. Y ahora, aquel regalo y las consecuencias que traería tenían la posibilidad de remendar los daños hechos... o de destruir los pocos progresos alcanzados desde que Mariana huyó por la ventana.

Entonces, por primera vez, ambas se encontraron deseando lo mismo: que Dios les concediera la dicha de encontrar a Israel. Para Mariana, significaba la oportunidad de sentirse validada; para Rosa, la posibilidad de cerrar finalmente aquel capítulo de su vida que había comenzado con una discusión entre padre y madre, una disputa que alteró el destino de dos mujeres, un hombre y sus respectivas vidas.

Anuncio Clasificado

Las lluvias pasajeras caían sobre el techo de zinc, provocando un sopor dulce en los ocupantes de la pequeña casita del valle. Las gotitas ofrecían un concierto constante, como diminutos tambores que golpeaban el metal, mientras las personas se aferraban a sus sábanas en un intento de calentar sus cuerpos. En una isla tropical como Puerto Rico, las fluctuaciones de temperatura se sienten de inmediato en la piel de quienes están acostumbrados al calor.

En su habitación, Mariana trataba de arrancarse el sueño de los ojos para levantarse y preparar el café del desayuno. Eran apenas las cinco de la mañana, aunque sus hijos no entrarían a la escuela hasta las ocho. Aun así, uno de ellos tenía una responsabilidad que cumplir: era el nuevo vendedor del periódico "El Vocero" en el barrio.

Ya de pie, Mariana caminó hasta el cuarto de su hijo Antonio, quien en ese momento luchaba contra los efectos adormecedores del golpeteo del agua sobre el techo. Al verlo, sintió una mezcla de preocupación e impotencia, pues si dependiera de ella, ninguno de sus hijos tendría que trabajar a tan temprana edad. No obstante, aquello escapaba de su poder: la pobreza en la que había nacido era una herencia que, como tantas veces ocurría, parecía transmitirse de padres a hijos.

—Niño, levántate.

—¡Ahh!

—Levántate, que te tienes que ir a trabajar.

—Ya mismo, mami.

—No puedes esperar más na', que se te va a hacer tarde pa' la escuela.

—Está bien, ya me paro.

—Avanza, pa' que te tomes el café y te comas las galletas.

El niño se levantó como un sonámbulo en busca del cubo de agua que servía de lavamanos en aquella casa sin agua corriente. Sacó un tazón y se cepilló los dientes afuera, usando el agua para mojarse la cara y enjuagarse la boca. Mientras tanto, su madre estaba en la cocina, con el café ya servido en un plato, untando un poco de margarina sobre las galletas Sultana que había sacado de una lata cuadrada de color amarillo.

Cuando el niño entró a la casa nuevamente, Mariana le puso el plato de frente, lo instó a comer rápidamente para que saliera a la casa de un vecino a recoger el paquete de periódicos que el representante de la empresa le dejaba allí para su eventual distribución por el sector Cortes del barrio Quebrada Negrito en Trujillo Alto. Antonio tomó la taza de café y sumergió las galletas con mantequilla en esta, como era la costumbre en las casas de familias pobres de la isla. Esto cambiaría la textura de la harina al mismo tiempo que las empaparía del sabor del café mezclado con la margarina.

Luego de consumir aquel humilde desayuno, el muchacho salió corriendo de la casa con una sombrilla que su mamá le había prestado, al mismo tiempo que le decía:

—A nadie le gusta leer las noticias mojadas.

Entró de nuevo y apuró a sus hijos para que se alistaran y salieran hacia la escuela, pues al menos dos de ellos tenían que caminar dos kilómetros hasta el plantel escolar llamado Segunda Unidad Rafael Cordero. Cuando aquellos dos ya habían partido, Mariana se preparó para llevar al menor, ya que era demasiado pequeño para caminar solo, aunque la escuela elemental José Julián Acosta quedaba apenas a unos ocho minutos de distancia.

Como aquel plantel estaba cerca de su hogar, ella podría esperar por Antonio para asegurarse de que éste no se distrajera y saliera rápidamente hacia la escuela que atendían sus primeros dos hermanos. El muchacho regresó y ella le preguntó inmediatamente:

—¿Y cómo te fue?

—¡Bien!

—¿Repartiste todos los periódicos?

—To's.

—¿Y no te dio miedo la oscuridad?

—No. Tú sabes que yo no soy miedoso.

—Bueno, pues cámbiate de ropa y vete pa' la escuela, que no vaya a ser que llegues tarde.

—Ok, mami.

Antonio se vistió rápidamente y salió corriendo en dirección a la escuela. En su mente ya hacía cálculos de cómo gastaría el dinero que esperaba ganar en aquella, su primera semana como trabajador independiente. Según lo que le había dicho su tío Wiso, quien le había delegado la responsabilidad, podía esperar devengar un salario de unos diecisiete dólares por distribuir el periódico de lunes a sábado. Para el muchacho, esa cantidad era suficiente para comprarse quinientos chicles de a centavo, dulces de maní Mary Jane y las golosinas que los niños locales llamaban "ardillitas". Por eso se sentía como un prospecto millonario, aguardando la fortuna que imaginaba obtener de futuras inversiones en la bolsa de valores.

Mientras Antonio iba camino a la escuela, Mariana se sentó frente al televisor blanco y negro de trece pulgadas. Lo encendió para disipar el ruido del silencio que dejaba la ausencia de sus hijos en la casa. Luego tomó la versión actualizada de las Páginas Blancas de la Telefónica de Puerto Rico y comenzó a repasar el listado de números que tendría que llamar aquella mañana. Era una rutina que llevaba varios días realizando, desde que se casó oficialmente con su esposo Amalio y recibió de su madre el nombre de su padre, a quien hasta ese momento no conocía.

Hasta aquel entonces había realizado un sinnúmero de llamadas a personas de apellido Maldonado, pues ese era el apellido de su padre, Israel. Algunas de las personas a las que llamó le desearon suerte en su búsqueda; otras simplemente contestaron que no conocían a nadie con ese nombre, mientras que algunos se burlaron de ella o le gritaron obscenidades antes de colgar.

Aunque hubo muchos momentos de frustración, se resignó a la idea de que ese era el costo que debía pagar si realmente quería encontrar a su papá. Además, tenía que estar consciente de la cantidad de llamadas que hacía fuera de su área local, pues en su condición económica, realizar demasiadas llamadas fuera de su municipio implicaba costos adicionales que no podía cubrir con los bajos ingresos de su esposo. Y aunque planchaba ropa para algunos vecinos con el fin de generar ingresos extra, no podía darse el lujo de acumular una deuda muy alta en la factura del teléfono.

En lo más profundo de su subconsciente sabía que una factura alta de teléfono podía alterar la paz con su esposo. Esa era la única causa de discordia entre los dos. Amalio era un buen hombre y esposo, pero su capacidad de proveer estaba limitada por salarios bajos que lo dejaban frustrado ante su imposibilidad de ofrecerle los lujos que deseaba para ella y para sus hijos. Y aunque comprendía la necesidad que ella tenía de encontrar a su padre, la realidad de tener que pagar más de lo que podían por la factura telefónica podía generar problemas entre ambos.

Al cabo de unas horas de llamadas, decidió cumplir con su oficio de planchadora en la casa de una vecina. Ese trabajo le proporcionaba un ingreso adicional que podía destinar a cubrir algunos de sus gastos personales, como comprar un perfume o un maquillaje nuevo para disimular el paso de los años. Sin embargo, en esta ocasión debía reservar aquel dinero para cubrir cualquier costo extra en la cuenta del teléfono.

Mientras planchaba, entabló conversación con su vecina Belén, quien la contrataba para planchar la ropa que no quería atender:

—Creo que ya he llamado a la mitad de Puerto Rico.

—¿Y no has conseguido a nadie?

—Na', un chorro de malcriaos que hasta malo me han hablado.

—¿Y qué te han dicho?

—Uno me dijo que, si le enseñaba el culo, me ayudaba a buscar.

—Ave María Purísima, ¡qué gente más sucia!

—Otra señora me mandó pa'l carajo y me dijo que ya estoy muy grandecita pa' estar con esas cosas.

—No les hagas caso.

—Esto se está poniendo difícil. Y ya mismo Amalio se enfogona por la factura del teléfono.

—Yo no creo que él se ponga con esas cosas.

—Es que tú no sabes cómo se pone cuando se gasta de más en la casa.

—Me imagino, pero no se le puede culpar; las cosas no están fáciles.

—Creo que me voy a tener que resignar a nunca conocer a mi papá. A lo mejor ya se murió.

—Chica, no digas eso. Ten fe y ya verás que Dios te compensará.

—Es que creo que voy a llamar todas las Páginas Blancas y lo único que voy a encontrar es un bonche de malcriaos.

—No te rindas, y verás que algo bueno pasará.

Pasaron unos meses entre llamadas esporádicas y otras que dejaba para el próximo mes, con el fin de no acumular una factura alta de teléfono. Finalmente, Mariana llegó al final de los Maldonado en las Páginas Blancas, con los dedos cansados de tantas veces hacer rodar la rueda del marcador y con el pecho vacío al escuchar a la última persona desearle suerte en su búsqueda, mientras le aseguraba que nunca había oído el nombre de Israel Maldonado.

Frustrada por aquel fracaso, se sentó en la sala a llorar, consciente de que había marcado todos los números de teléfono a los que tenía acceso, solo para terminar tan lejos de encontrar a alguien que pudiera darle noticias sobre el paradero de su padre. Había soñado tanto con ese momento en que escucharía la voz de aquel hombre por primera vez, convencida de que la búsqueda le traería felicidad. También había imaginado encontrar a alguien que pudiera hablarle de él, decirle si había sido un buen hombre o un desgraciado. En fin, alguien que le confirmara que su padre existía... o que alguna vez existió.

Deprimida por el fracaso, Mariana volvió a conversar con Belén. Entre el calor de la plancha y las lágrimas de frustración, su amiga intentaba consolarla ante lo que parecía un esfuerzo inútil.

—A veces tenemos que aceptar la voluntad de Dios.

—Es que yo quería que al menos él supiera que yo existo.

—A lo mejor lo sabe y no pudo encontrarte.

—¿Tú crees?

—Eso es lo que yo espero.

—Yo no sé qué creer.

—¿Qué te ha dicho tu mamá?

—Na', ella no quiere hablar de eso. Solo me dice que él la ofendió, la acusó de ser una puta, y entonces lo dejó y se fue.

—¿Te dijo si él sabía que ella estaba preña antes de irse?

—Eso no me lo dijo.

—Pregúntale, pues ese detalle es importante.

—¿Tú crees?

—Si él no sabía que tú venías, ¿cómo esperarías que te buscara?

Esa tarde, Mariana hizo una llamada de larga distancia a su madre Rosa. Ese tipo de comunicación siempre había sido esporádica para ella y, desde que la última conversación reveló el nombre del padre de su hija, se habían convertido en diálogos difíciles por distintas razones. Para Rosa, tener que revivir los momentos que terminaron con su relación con Israel no era nada fácil: lo había dejado todo en el pasado y nunca pensó tener que mencionar su nombre otra vez. Para Mariana, en cambio, cada pregunta exigía que su madre desenterrara ese dolor, con la esperanza de que ella pudiera sentir un poco de alivio ante el aparente abandono de su padre.

Ambas tenían razones válidas para querer y no querer hablar del tema. Pero aun en su dolor, Rosa comprendía que su hija tenía derecho a reclamar respuestas. Por eso había decidido tragarse su orgullo y contestar lo que pudiera, sin excusas.

—Mami tú sabes si mi papá sabía que tú estabas preña cuando se fue.

—Mija él lo sabía.

—¿Y comoquiera se fue?—Así son los hombres mija. No les importa na'.

—Tanto que te abandono sin tan siquiera pensar en mí.

—Yo no puedo contestarte por él.

—Pero he llamado a todas las personas con su apellido y nadie lo conoce.

—En eso yo no te puedo ayudar. Yo lo único que podía hacer era decirte el nombre.

—Me lo debió decir mucho más antes.

—Yo no estaba lista para eso.

—Y yo nunca estuve lista para tener padre como los demás.

—A ver Mariana, ¿Qué tú quieres que yo haga?

—Na' mami es que estoy frustra de no poder encontrarlo.

—A lo mejor es por tu bien.

—¿Cómo que por mi bien?

—A lo mejor si lo conoces te das cuenta de que no es un buen hombre.

—¿Eso es lo que usted piensa?

—No lo fue conmigo y me trató muy mal.

—Al menos a usted la trató de alguna forma.

—Niña no te me pongas malcriada que yo tuve mis razones.

—Yo lo sé, pero es que soy la única de sus hijas que no conozco a mi papá.

—Yo sé eso, pero a veces en la vida pasan cosas que no podemos controlar.

—Ay mami, me voy a morir sin encontrar a mi papá.

—No seas tan dramática y date cuenta de que uno propone y Dios dispone.

—Creo que Dios nunca dispone a mi favor.

Concluida la llamada, Rosa se sentó en su casa a reflexionar sobre lo que sucedía con su hija mientras esta buscaba a su padre, y sobre cuál era su papel en todo aquello. Habían pasado muchos años desde la última vez que estuvo en presencia de Israel, aquel fatídico día en que, guiado por los celos y un engaño, había cruzado la línea invisible del respeto acusándola de serle infiel mientras él trabajaba como marino mercante. Recordó, con un dolor atrapado en el tiempo, la punzada que sintió en su corazón cuando aquel hombre la señaló abiertamente en la plaza del mercado, dejando una herida que nunca sanó.

Unos días más tarde, cuando él se marchó a cumplir con su compromiso de trabajo, ella recogió sus pertenencias y abandonó la casa que compartían. Al regresar, el hombre no la encontró: Rosa se había escondido, pues no quería volver a verle la cara. Fue entonces cuando tomó la decisión de borrarlo de su vida, y para lograrlo debía asegurarse de que nadie le preguntara por él.

Se mudó lejos de sus familiares y amigos, y cuando la hija de ambos vino al mundo, ya tenía preparada la respuesta para la pregunta que algún día esperaba recibir de aquella criatura. Y si no hubiese sido por su hija Laura, y por la recopilación de conversaciones familiares acerca del padre de Mariana, la historia de que su presencia en la vida de su madre se reducía a una sola noche pasional en un bar habría sido la única versión que la niña escucharía por el resto de su vida.

Al mismo tiempo, Mariana, en su casa, se debatía entre la rabia y el agradecimiento que sentía hacia su madre en aquel momento. Su frustración acusaba a Rosa de haberle robado la experiencia de conocer a su progenitor, mientras que su alma de madre la instaba a comprender que algunas cosas, a veces, están fuera del control de la gente. Desmoralizada, se sentó en el mueble de su sala, dándose todas las razones para rendirse y continuar su vida como hasta entonces: huérfana de padre. El cansancio de la búsqueda se había hecho evidente y, con la banderita blanca ondeando en sus pensamientos, desistió por completo de aquella misión.

Unos días después, mientras ejercía su oficio de planchadora, conversaba con Belén, libre ya del pesar y resignada a la derrota moral que había cargado tras meses de intentar encontrar a su padre. Sentadas en el balcón de la casa de su amiga, mientras tomaban café, el tema de la búsqueda volvió al presente:

—¿Le preguntaste a tu mamá acerca de lo que te dije?

—Sí.

—¿Y qué te dijo?

—Me dijo que mi papá sabía que yo venía y, aun así, se fue.

—¿Te contó lo que pasó entre ellos?

—Me dijo que fue una discusión acerca de unas camisas y algo que le hizo la madrastra pa' joderla.

—¿Cómo así?

—La madrastra de mami le dijo a mi papá que ella le estaba pegando cuernos con un vecino y que le regaló unas camisas de él al chillo.

—¿Por qué hizo eso?

—Esa señora era más mala que el diablo.

—Entonces tu papá se fue humillado.

—Algo así.

—Bueno, pero no sabemos si esa historia dice toda la verdad.

—Eso fue lo que me dijo ella.

—Mariana, todas las historias tienen dos versiones.

—Pero ¿qué puedo hacer yo si no lo pude encontrar?

—¿Tu hijo Antonio vende el periódico?

—Sí.

—¿Por qué no le preguntas al muchacho que los trae si te pone un anuncio clasificado?

—Yo no tengo chavos pa' eso.

—Pero si el niño trabaja para el periódico, a lo mejor te dan un descuento.

—Yo no sé.

—No pierdes nada con preguntar.

Esa tarde, al llegar a su casa, Mariana le encargó a su hijo que transmitiera un mensaje a su empleador la próxima vez que el representante de El Vocero pasara a recoger las ganancias. Antonio, curioso, le preguntó para qué quería hablar con aquel hombre, y ella le contestó que esos eran asuntos de adultos.

El lunes por la tarde, Antonio cumplió con los deseos de su madre y el representante acudió a verla. Mariana le expuso su dilema al hombre, de unos treinta años, quien la escuchó atentamente, intrigado por la historia que la mujer le relataba. Al concluir, él le hizo varias preguntas y luego le explicó que la empresa no ofrecía ningún tipo de descuentos a empleados como Antonio, pues su posición era demasiado baja en la jerarquía para acceder a beneficios de ese tipo.

Guiada por su necesidad de saber, Mariana preguntó cuánto costaría publicar su anuncio en el periódico. El hombre le respondió que algo así rondaría los cincuenta dólares por unos días de publicación. Al escuchar aquella suma, Mariana rompió en llanto frente a él, pues en su pobreza constante reunir esa cantidad era una meta casi imposible.

Pasaron unos días y Mariana se encontraba en una tienda de artículos para el hogar en el pueblo de Río Piedras llamada Topeka. Era la temporada de Halloween y, aunque no tenía dinero para comprarles disfraces a sus hijos, se paseó por las góndolas hojeando el inventario. Fue allí donde vio un disfraz genérico de payaso para adultos y, como si hubiese sido enviada por Dios, se le encendió la bombillita de una idea en la mente. Compró el disfraz y, unos días más tarde, comenzó a promocionarse como payasa para fiestas de cumpleaños infantiles.

Así fue como empezó a ganarse un dinero extra con el que esperaba pagar el anuncio clasificado. Sin embargo, con su tarifa de cinco dólares y lo esporádico de las celebraciones en el barrio, reunir los fondos necesarios le tomaría más de un año. Mientras hacía reír a sus clientes, Mariana se moría de pena cada vez que en alguna de las fiestas veía a un padre presente en la vida de sus hijos.

Un día logró reunir cuarenta dólares y tenía la promesa de otro trabajo que la dejaría muy cerca de su meta, cuando en la casa se dañó la nevera. Amalio buscó a un técnico que, por el módico precio de quince dólares, inspeccionó el artefacto antes de dar su diagnóstico: había que botar la nevera y comprar otra, pues el motor se había quemado la última vez que hubo un apagón de luz.

Al ver la preocupación de su esposo ante la demanda de un nuevo refrigerador y sentirse obligada a contribuir, Mariana buscó sus cuarenta dólares y se los puso en las manos al hombre diciéndole que ella quería aportar para la compra. Amalio la miró y le dijo que él lo resolvería solo, a lo que ella contestó que hasta aquel momento todo lo habían hecho juntos y esa no sería la primera excepción.

Y fue así como, cierto día, llegó hasta su puerta el muchacho que empleaba a su hijo, tras la súplica de este de poder verla. Antonio lo condujo a la casa y buscó a su madre en la cocina. Ella salió a recibir al hombre, curiosa, y este le comunicó que tenía algo que decirle:

—Señora, tengo algo que decirle.

—¿Antonio hizo algo mal? —preguntó Mariana, preocupada.

—¡No, no! El muchacho es responsable.

—¿Entonces?

—¿Se acuerda de lo que me preguntó acerca del anuncio en el periódico?

—Sí, muchacho, pero ya te dije que no puedo pagar esa cantidad.

—Lo sé, pero creo que conseguí una manera de poner el anuncio gratis.

—¿Gratis? —dijo Mariana, alzando la voz con emoción.

—Pero hay una condición.

—¿Qué condición?

—El periódico publicará su anuncio cuando necesite rellenar la página.

—¿Entonces?

—Eso puede tardar unas semanas o unos meses, dependiendo del negocio.

—Eso no importa, pues al paso que voy nunca voy a tener los chavos pa' esto.

—Entonces deme la información en un papel.

Mariana buscó un papelito y escribió en él los datos que sabía acerca de su padre, Israel Maldonado. El muchacho tomó el papel en sus manos y se dispuso a redactar las siguientes líneas:

Anuncio Clasificado

SE BUSCA

La señora Mariana Ramos Santiago, residente del barrio Quebrada Negrito de Trujillo Alto, busca a su padre Israel Maldonado, a quien nunca ha conocido.

Mariana es hija de Rosa Ramos Santiago, quien en su juventud residía en el barrio Cañaboncito, Caguas. La última vez que se tuvo contacto con el señor Maldonado fue en el otoño de 1955.

Si usted conoce el paradero de este señor, por favor comuníquese con la señora Mariana al teléfono: 748-323*[1] .

Al terminar, el hombre le presentó a Mariana el documento redactado, y ella, al ver sus palabras escritas con aquel mensaje cargado de esperanza, comenzó a llorar antes de levantarse y darle uno de los abrazos más agradecidos de su existencia.

El hombre trató de explicarle que aquello podría tomar mucho tiempo, pero para ella eso no importaba, pues no podía tomarse más de treinta y seis años. Por primera vez desde que había comenzado la búsqueda, tenía razones para soñar con las palabras que diría si Dios le permitía encontrar a su padre. Pensó en varias formas de expresar lo que sentía ante un hombre que sería prácticamente un extraño, y con cada pensamiento le nacían miles de esperanzas, así como nacen las flores después de los aguaceros de mayo.

Al principio corría hasta el teléfono cada vez que este chirriaba, esperanzada en escuchar la voz de un hombre que le anunciara su nombre y le dijera: "Quiero conocerte." Con el paso de los días, las esperanzas comenzaron a transformarse en decepciones, y la posibilidad de la llamada se volvió un espejismo de esperanzas frustradas.

—¿Y qué pasó con el anuncio en el periódico?

—Ese tipo me cogió de zángana.

—¿No lo puso?

—No.

—¿Qué pasaría?

---

1. Recuerdo el numero completo, pero no lo puedo publicar por razones de privacidad.

—Tú sabes que Antonio dejó de vender el periódico hace años.

—A lo mejor fue por eso.

—Quién sabe. Yo lo que sé es que, a esta hora, encontrar a mi papá se me hizo imposible.

—Bueno, al menos diste la batalla.

Mariana se olvidó por completo de la misión de encontrar a Israel y continuó viviendo su vida como hasta entonces: sacrificándolo todo por sus hijos y trabajando en oficios esporádicos, como planchar, limpiar ventanas y animar fiestas de cumpleaños disfrazada de payasa de alegrías tristes.

Un día sonó el teléfono y uno de sus hijos lo contestó.

—Mami, te busca una señora.

—Pregúntale quién es.

—Ella dice que tiene que hablar contigo.

—Pero ¿quién es?

—Dice que cojas el teléfono.

—¡Hola! —dijo Mariana, un poco irritada.

—¡Buenas tardes! ¿Me habla la señora Mariana Ramos Santiago?

—¿Quién es?

—¿Fue usted la que puso un anuncio en El Vocero buscando al señor Israel Maldonado?

—¿Quién es?

—Mi nombre es Ismelda Maldonado, soy tu hermana menor.

Mariana sintió que los pies le fallaban y se dejó caer en una silla, con un ataque de nervios recorriéndole el cuerpo. Guardó silencio unos segundos antes de comenzar a llorar. La voz en el teléfono le preguntó:

—¿Está usted bien?

—Sí... sí, es que no me esperaba esto.

—Bueno, yo no quiero molestarte, pero tenemos que encontrar un lugar donde vernos.

—¿Y mi papá está vivo? —preguntó Mariana, curiosa.

—¡Vivito y coleando!

—¿Por qué no me llamó él?

—Ese viejo es terco como una mula retirada.

—¿Entonces?

—Él dice que tiene que venir a verte lo antes posible.

—¿Venir a verme?

—Pues seguro, chica, es que él vive en Nueva York.

—¿Dónde tú vives?

—Muchacha, si nosotras somos vecinas. Yo vivo en Río Piedras.

—Ah, pero tú estás cerca.

—Ahí al lao.

—Nos podemos encontrar mañana en la Plaza del Mercado, frente a Deco.

—Pues mañana será. Nos vemos allá.

—¡Gracias por llamarme!

—Para eso son las hermanas.

Ismelda colgó la llamada y Mariana salió corriendo de su casa como una niña en busca de las brisas para volar una chiringa[2]. Llegó a la casa de Belén y, sin decir palabra, la abrazó temblorosa mientras lloraba. La mujer se preocupó ante aquella muestra de emociones y llegó a pensar que alguien había muerto. Preguntó varias veces qué pasaba con Mariana, pero ésta no dejaba de llorar. Belén le pidió que se sentara y, ya en el sillón, Mariana le pidió que buscara el periódico del día.

—¿El Vocero?

—Sí.

---

2. Puerto Rico y Cuba: Chiringa se refiere a una cometa (también llamada papalote, volantín, barrilete, pandorga, etc.). Es el armazón ligero de papel o tela que se eleva con una cuerda en días de viento

—Ok.

—Aquí está.

Mariana tomó el periódico en sus manos y fue a buscar en la sección de los clasificados y allí vio el siguiente anuncio:

Anuncio Clasificado
SE BUSCA La señora Mariana Ramos Santiago, residente del barrio Quebrada Negrito de Trujillo Alto, busca a su padre Israel Maldonado, a quien nunca ha conocido. Mariana es hija de Rosa Ramos Santiago, quien en su juventud residía en el barrio Cañaboncito, Caguas. La última vez que se tuvo contacto con el señor Maldonado fue en el otoño de 1955. Si usted conoce el paradero de este señor, por favor comuníquese con la señora Mariana al teléfono: 748-323*.

Belén miró el periódico mientras Mariana comenzaba a relatarle la llamada que había recibido aquella tarde. Al comprender que, después de tantos años de búsqueda, su amiga estaba a punto de cumplir un sueño que parecía imposible, Belén rompió en llanto de felicidad. Se sentaron a conversar durante horas sobre lo que sabían y lo que solo podrían confirmar al día siguiente. Por eso, Belén le aseguró que la acompañaría, para apoyarla y protegerla en caso de que todo fuera un engaño, una artimaña de alguien inescrupuloso que intentara aprovecharse de su vulnerabilidad.

Esa noche, Mariana apenas pudo conciliar el sueño. Su mente insistía en formular las preguntas que debía hacer, y otras que quizás dejaría para una segunda ocasión. Tras horas de interrogantes, las dudas comenzaron a inquietarla: ¿y si Ismelda no era quien decía ser? ¿Y si todo era una ilusión? Finalmente, descartó esa idea y volvió a concentrarse en las preguntas que brotaban desde lo más profundo de su alma de niña huérfana.

—¿Cómo has estado?

—¿Por qué nunca viniste a verme?

—¿Cuántos años han pasado desde que te fuiste?

Y, por último, la pregunta más relevante de su vida:

—¿Qué pasó?

Ese era el interrogatorio que había cargado durante toda su infancia de niña sin padre. El mismo que se repetía en sus noches de desvelo, cuando escuchaba a sus hermanos hablar de sus padres y ella solo podía imaginar que, en su caso, se trataba de un fantasma disipado entre los humos de cigarrillos en las mesas de un bar barato.

La pregunta que nunca tuvo respuesta después de un castigo injusto, cuando su padre no estuvo allí para debatir ni abogar por ella. Era la pregunta, la única, el interrogatorio que exigía una respuesta inmediata.

El próximo día llegó con el cansancio que deja una noche de desvelos insaciables. Caminó hasta la casa de Belén y, desde allí, tomaron la guagua pública que las llevaría a Río Piedras antes de las 10 a. m., según lo acordado con Ismelda. Durante el viaje discutieron lo que harían y lo que no, dependiendo de las palabras de aquella extraña.

Ya en el lugar, esperaron sentadas en el cafetín de Deco, arrastrando con ellas el letargo de treinta y cinco años de espera. Mariana vestía un traje de flores, tal como lo había acordado con la mujer, y ésta, por su parte, llegaría vestida de manera similar.

Al cabo de veinte aletargados minutos, una mujer con un traje de flores entró al cafetín y tocó el hombro de Mariana, que no la había visto hasta ese instante. Al mirarla, todas las dudas acerca de su parentesco se disiparon: los rasgos físicos eran tan semejantes que dudar de su palabra habría sido un acto de idiotez inexplicable.

La mujer, por su parte, la observó y concluyó exactamente lo mismo. Sin pronunciar palabra, la abrazó, y enlazadas en aquel abrazo comenzaron a llorar con la alegría que produce reencontrar algo perdido en el tiempo, algo que nunca se pensó recuperar. Belén, testigo de todo, permaneció en silencio, secándose las lágrimas que la felicidad de su amiga le arrancaba desde lo más profundo.

Entablaron una conversación que habría de durar horas, en la que Ismelda relató detalles de su vida a Mariana, y ésta, por su parte, hizo lo mismo. Acompañadas por Belén, se regocijaron con todas las cosas que tenían en común y se sorprendieron de cómo las similitudes entre ambas parecían llegarles a través de su parentesco.

Luego de satisfacer las preguntas mutuas, Ismelda le dijo algo a Mariana que habría de completar el momento de felicidad que experimentaba:

—Vamos a llamar a papi.

Mariana se sintió como aquella niña de 1966 que pidió a los Reyes Magos una muñeca Barbie con todo el fervor que podía tener una petición de nociones espirituales. Solo que, a sus diez años, los Reyes evadieron su cajita de zapatos llena de pasto y la dejaron en un estado de completo desengaño. Pero ahora tenía el regalo más deseado al otro lado de una línea telefónica.

Ismelda marcó el número desde el teléfono público y, luego de depositar las monedas necesarias, el tono sonó tres veces antes de que Israel contestara. Antes de que ella pudiera decir quién era, él pronunció:

—Ponme a la niña ya.

Ismelda miró a su hermana y le pasó el teléfono.

—¿Hello? —dijo Mariana con la voz temblorosa.

—Niña, antes que nada, quiero decirte que te he estado buscando toda la vida.

—¿En verdad? —respondió la mujer, con la voz entrecortada por los llantos de felicidad.

—Sí, mi niña, ya estaba perdiendo las esperanzas de conocerte.

—Yo también te he estado buscando. Es que tengo tantas preguntas que hacerte.

—Ahora mismo no voy a contestar ninguna, porque quiero hacerlo en persona, como se debe.

—¿Cuándo te voy a ver?

—El próximo sábado estaré llegando a Puerto Rico, a tu casa, si tú me lo permites.

—Claro que sí.

—Entonces no te quito más tiempo. Te veré el sábado temprano para contestar todas las preguntas que tengas.

Luego de esto, Israel se despidió y colgó la llamada. Mariana, conmocionada, volvió a abrazar a sus dos acompañantes por un largo rato, mientras experimentaba una alegría profunda que nunca había sentido. Las dos comprendieron lo que significaba aquel momento y permanecieron en silencio, dándole el tiempo necesario para procesar lo sucedido.

Eventualmente, Mariana logró recomponer sus emociones y continuó su conversación con Ismelda, hasta que llegó el momento de despedirse con el compromiso de volverse a ver en nueve días, el próximo sábado. En ese momento su hermana le habló:

—Antes de irte te quiero dar algo.

—¿Qué?

—Este retrato de tu papá en el año 1957.

—Un año después de que yo nací.

—Sí, muchacha, un año despues de tu nacimiento.

Por primera vez pudo ver en aquel retrato la imagen de ese hombre que hasta entonces había sido solo un fragmento de su imaginación de niña y mujer. Tomó el retrato y lo fue observando en la guagua pública. Descubrió a su padre apuesto, más hermoso de lo que aquella foto en blanco y negro alcanzaba a mostrarle.

Al regresar a su hogar, le contó a su esposo todo lo ocurrido, y luego a sus hijos. La alegría que experimentaba era absoluta, y ya no tendría que esperar mucho para satisfacer la curiosidad que deja el abandono. Pasaron los ocho días necesarios y, al llegar el sábado acordado, Mariana se levantó temprano para preparar la primera comida que su papá habría de probar cocinada por sus manos.

A las 10 a. m., Israel llegó a la guardarraya de la casa de su hija desconocida y, al verlo, ella corrió a abrazarlo por primera vez, llena de felicidad. El hombre la abrazó de la misma forma y, sin decir una palabra, dejó escapar unas lágrimas de alegría. Luego de aquel abrazo y de conversaciones variadas, le pidió a su hija un momento de privacidad para tratar de remendar los treinta y seis años de ausencia entre ambos.

Sentados fuera de la casa, bajo la sombra de un árbol de almendras, las respuestas que Mariana esperaba estaban allí, mirándola de frente.

—¿Cuántos años tiene usted?

—Tengo 68 años, nací en Fajardo en 1922.

—¿Cuántos hermanos tengo?

—Doce: siete varones y cinco hembras. Tú eres una de las mayores.

—Ya sé que me viniste a buscar, pero no me encontraste.

—Vine varias veces, pero tu mamá se me escondía. La familia también me la ocultaba y, después de varios intentos, no pude seguir viniendo desde

Nueva York hasta aquí a perder el tiempo. Aun así, continué preguntando, pero nadie te conocía.

—Es que nos fuimos a vivir a La Perla, en San Juan.

—A lo mejor por eso no te encontré, pues yo te buscaba en Cañaboncito.

—¿Cuándo te fuiste de Puerto Rico?

—En 1956.

—El año en que yo nací.

—Tu mamá se iba a ir conmigo, pero ya tú sabes.

—No, yo no sé. Mi mamá nunca me dijo nada.

—Eso yo no lo sabía.

—Papi, quiero preguntarte... ¿qué pasó?

—Lo que pasó, pasó, y no lo podemos cambiar.

—Aun así, quiero saber.

—Antes de comenzar, déjame decirte algo que debes saber: la culpa fue mía y solamente mía. No debes juzgar a Rosa por lo que hice yo.

Israel comenzó a contarle a su hija cómo su relación con Rosa había pasado de ser una unión de mutuos acuerdos a una que terminó en decepción para ambos. Según su relato, la madrastra de Rosa le había mentido, hablándole de un supuesto amante que la mujer veía cuando él se iba a trabajar como marino mercante en asignaciones que duraban semanas o meses. Impulsado por una experiencia previa con su primera esposa —a la que sorprendió con un amante al regresar sin avisar—, Israel reaccionó con rabia ante aquella calumnia y fue donde se encontraba Rosa, insultándola con palabras hirientes que le arrancaron a aquella mujer el amor que sentía por él.

Fue entonces cuando se enteró de que Rosa estaba embarazada. Al regresar de su última asignación de trabajo, buscando el perdón de la mujer, no la encontró en su hogar y nunca más la volvió a ver. En los ojos de Israel, Mariana podía ver su sinceridad acompañada de un arrepentimiento profundo.

Luego de terminar aquel relato, le puso las manos en los hombros a su hija y le dijo:

—Quiero que me perdones por no haber estado ahí por ti.

—Yo no tengo nada que perdonarte, no fue...

—Sí fue mi culpa, y quiero que le des este mensaje a tu madre: dile que yo no la culpo, que acepto que la culpa fue mía.

—Ella no ha sido perfecta tampoco —dijo Mariana, un poco molesta.

—Usted no debe pensar así. Tu mamá habrá cometido errores, pero el más grande lo cometí yo.

—Es que...

—Es que nada. Lo importante es que no me morí sin conocerte, y eso no me lo quita nadie.

—Entonces usted sí me quiere.

—¿Cómo no te voy a querer? Eres mi hija y, como a todos mis hijos, yo te quiero.

Al escuchar las palabras de su padre, Mariana comenzó a secarse las lágrimas de felicidad que bajaban por su rostro, acompañadas de todas aquellas dudas que ahora la abandonaban para siempre. Ya no era la hija del desconocido del bar. Dejó de ser la cenicienta de trapos. Ya no era la niña que le rogaba a Dios para que alguno de sus padrastros la llamara "mija". Ya no estaba hundida en las dudas existenciales que la habían acompañado hasta aquel momento.

Ahora podía acostarse tranquila, acompañada del conocimiento de que su padre la quería. A decir verdad, siempre la había querido, desde el anonimato de ser un desconocido. Y con aquel sentimiento acompañándola —al igual que su padre desde ese instante— comenzó a vivir satisfecha de sentirse querida por las personas que supieron quererla.

La imagen de aquel anuncio clasificado regresó a su mente, mientras elevaba sus más sinceras gracias a Dios: no por haberle obsequiado una Barbie en 1966, sino por haberle entregado, en 1991, el mejor regalo de todos: la presencia de su padre. En esa vida marcada por el anhelo de sentirse querida como sus hermanos, descubría que en el mundo existía un hombre, con nombre y apellido, al que podía llamar Papá...

La Última Graduación

EL AIRE ACONDICIONADO DEL negocio ofrecía un alivio momentáneo frente al calor intenso de la calle. Mariana, refugiada de aquel infierno de asfalto y autos pasajeros, respiró profundamente, tratando de llenar sus pulmones con el fresco que emanaba del sistema de enfriamiento del local llamado *La Riviera*. Había llegado en busca de algunos artículos para celebrar la última graduación en su hogar, una ocasión que había esperado tantos años que ya ni recordaba cómo vestirse para momentos como ese.

Buscaba un traje que expresara el orgullo que la desbordaba, como un lago que inunda un valle. A su lado, Amalio, su esposo de tantos años, la acompañaba en silencio, dándole el tiempo necesario para escoger sus atuendos en paz, sin interrupciones.

—¿Qué te parece este? —preguntó Mariana, mostrándole un vestido color púrpura.

—Un poco brilloso.

—Déjame ver si encuentro otro.

—¿Y qué tal este? —dijo Amalio, enseñándole uno de color rojo.

—Muy escandaloso, parece de barra.

—Ok, pues vamos a otra tienda.

—Está bien, vamos.

Caminaron hacia otra tienda de ropa, buscando el vestido apropiado para Mariana, pues la ocasión demandaba una vestimenta memorable. Durante todo el trayecto ella estaba feliz, aunque un poco agitada por el calor y las expectativas de la graduación. Hubiese querido llamar a su hermana Laura para compartir con ella el momento, pero el vacío en su pecho le recordó que ya se había ido a su descanso eterno, luego de una enfermedad que le robó la vida demasiado temprano.

Aun así, Mariana pensaba en ella: la que siempre fue su primer apoyo, la que la acompañó en los momentos de alegría exuberante y también en los de tristezas desgarradoras. Su mente la traicionó momentáneamente y se imaginó la conversación que nunca podría tener con aquella mujer a la que extrañaba:

—Estoy tan orgullosa —le decía Laura en aquella alucinación pasajera.

—Yo no lo puedo creer.

—Pues créelo, que bastante luchaste para llegar aquí.

—Yo sé, pero aun así parece como un sueño.

—Un sueño hecho realidad.

—¿Cómo te vas a vestir?

—Como si fuera para la boda de una princesa.

—¿Te gustaría ir a comprar mi traje conmigo?

—Tú sabes que eso no me lo perdería por nada en este mundo.

—¡Gracias!

—No tienes que darme las gracias, para eso son las hermanas.

—Por fin, la última graduación de mi casa.

En medio de aquel viaje imaginativo volvió la imagen de Laura luchando por su vida con la determinación que siempre la definió. Era, y siempre fue, una mujer emprendedora, con metas claras y una guía de vida firme. Mariana la extrañaba y veneraba su presencia cada vez que necesitaba un abrazo, un consejo o simplemente una compañera de andanzas. Por esa razón, cada vez que se aproximaba una ocasión especial como aquella graduación, la invocaba con sus memorias.

Amalio, quien había aprendido a identificar aquellas miradas, le puso la mano en la cintura antes de decirle:

—Ella siempre estará contigo.

—Yo lo sé, pero la extraño un montón.

—Yo también extraño a la cuñada, pero para que estuviese sufriendo es mejor que descanse.

—De todas maneras, me hace mucha falta.

—¿A quién no?

—Bueno, aún no sé cómo vestirme. Laura siempre sabía ayudarme a escoger.

—Lo sé, pero esta vez me toca a mí.

Anduvieron varias tiendas como La Riviera, Topeka, Capri, ¡Me Salvé! y Deco en busca del traje ideal para la ocasión. Luego de varias horas, Mariana se decidió por un conjunto de blusa y pantalones azules, pues no encontró uno que satisficiera sus deseos de verse como la princesa que se imaginó en la mirada de Laura. Ya con ese atuendo en las manos, fueron a Humberto Vidal en busca de zapatos que complementaran la vestimenta.

Otra vez escoger se le hizo difícil, lo que resultó en visitas a varias tiendas en busca de los zapatos perfectos. Mientras se los probaba, y el empleado encargado mostraba una cara de incomodidad ante su indecisión, Mariana volvió a viajar en sus recuerdos: la primera graduación en su hogar, la de Junior, su hijo mayor, en el año 1978, cuando se graduaba del primer grado en la Escuela José Julián Acosta, en el barrio Quebrada Negrito de Trujillo Alto.

Pensando en aquella experiencia volvió a sentirse emocionada por la proximidad del evento. No era todos los días que una mujer como ella participaba en una ceremonia de ese tipo. Ensoñando en aquel instante, se imaginó recibiendo su diploma de primer grado y buscando en el público a sus padres. Soñando despierta vio a su madre Rosa con lágrimas de orgullo deslizándose por el rostro, mientras su padre Israel la apoyaba en aquel momento tan emotivo para los dos. Con este sueño se le pintó una sonrisa en los labios antes de reasumir la realidad de que, en su vida, un momento así fue siempre imposible.

De esa manera le llegaron los recuerdos de su pasado: una niña saltando la cuica[1] en la escuela, ajena a que, en aquel instante en que su cuerpo iba del suelo al aire y del aire al suelo, su propia vida habría de dar un sinnúmero de brincos que terminarían por destruir sus posibilidades educativas y

1. Cuica: Juego de niños que consiste en saltar por encima de una cuerda.

cambiar su futuro para siempre. Así, el día en que su madre la dio de baja en la escuela volvió a perturbarla, como lo había hecho durante tanto tiempo.

La imagen del empleado del comedor buscándola entre la muchachería, el breve trayecto hacia el salón de su maestra, la señora Guerra, y el aire tenso dentro de la oficina de la directora, la señorita Cotto, seguían grabados con intensidad en su memoria. Era como si aquel episodio hubiese ocurrido apenas unos días atrás, y no cuarenta años antes, como en realidad habían transcurrido.

El desgarrón íntimo que no cicatrizaba con el paso de los años fue el motor de sus constantes demandas educativas hacia sus hijos, recordándoles que ellos tenían una oportunidad que a ella le había sido arrebatada. Y aunque, a los ojos de éstos, ella no era más que una exagerada, la certeza de cómo aquello había marcado su vida la arrastraba a momentos de rabia que, en ocasiones, terminaban en castigos severos para unos niños ignorantes que parecían no escucharla.

—¿Qué te pasa? —preguntó Amalio con su acostumbrada calma.

—¿Crees que fui dura con ellos?

—¿Con quién?

—Con los muchachos, para que estudiaran.

—¡No!

—A veces creo que me resienten por la forma en que los castigaba.

—Ellos ya están grandes y saben que lo que se hizo fue por su bien.

—A veces creo que no lo ven.

—Ese es problema de ellos si no se dan cuenta. Al menos no se quedaron ignorantes como nosotros.

—Nosotros no somos ignorantes.

—Me refiero a que no fuimos a la escuela. Tú me entiendes.

—Sí, pero no me gusta que me digas ignorante.

—Tú sabes que eso no es lo que quise decir.

—Es que hay personas en mi familia que piensan que yo lo soy.

—Que se vayan pal carajo.

—Es que me molesta que me vean así.

—Lo que la otra gente piensa no es importante.

—A veces creo que sí.

—Lo importante es que los muchachos ya terminaron y tú fuiste la que los empujaste.

—Bueno al menos la semana que viene terminamos todos.

—Así mismo es.

—¿Qué te parecen estos zapatos blancos para el set de ropa que compré?

—Creo que unos cremita se verían mejor.

—Entonces vamos a buscarlos de ese color.

Se entretuvieron conversando sobre temas variados mientras buscaban los zapatos ideales. Finalmente encontraron unos de color crema, de altura mediana, adornados con detalles blancos. Satisfechos con la compra, se dirigieron a la Plaza del Mercado, donde Amalio acostumbraba a pedir un pocillo de café y una tostada con mantequilla. Lo hacía porque era uno de los artículos más baratos; aunque no estaba mal económicamente, la costumbre pesaba más en su mente que la realidad.

Mariana, por su parte, eligió un jugo natural de parcha acompañado de un sándwich de jamón y queso. Era uno de sus desayunos favoritos y, aunque ya eran las 2:39 p. m., aseguraba que eso era lo que su cuerpo le pedía, según sus propias palabras.

—¿Crees que todo va a salir bien el día de la graduación? —le preguntó a Amalio.

—Seguro, ¿qué va a salir mal?

—No sé... siempre pasa algo.

—No va a pasar na'.

—¿Pero si pasa?

—Déjate de estar preocupándote, que eso no resuelve na'.

—Está bien.

—Pues avanza y cómete eso, que se nos va la guagua y nos quedamos a pie.

—Ya yo terminé.

—Pues vámonos.

Se dirigieron al *Terminal de Carros Públicos del Este* para tomar una guagua hacia su casa. El calor dentro de aquella estructura de cemento era sofocante y agobiante, pero para personas como ellos esa era la única manera de transportarse a destinos como aquel. Dentro del vehículo, que mantenía las dos puertas laterales abiertas para dejar correr el aire, Mariana sacó un papel de los especiales de Capri y lo convirtió en abanico improvisado. Amalio, acostumbrado ya a temperaturas extremas por su trabajo echando asfalto para el municipio, la observaba mientras se abanicaba y no pudo evitar soltar una leve risa.

Por ser los primeros en llegar a la guagua que estaba de turno, estuvieron solos unos minutos en un silencio que solo rompía, de vez en cuando, alguna otra guagua que tocaba bocina para anunciar su salida del terminal. El sudor comenzó a fluir de la frente de Mariana que a pesar de sus esfuerzos para refrescarse el cuerpo, a aquel calor nada le podía impedir sofocar a los pasajeros dentro de la guagua.

Al cabo de unos momentos, una mujer de tez blanca como la leche entró al vehículo, y Mariana, al verla, la saludó efusivamente, pues se trataba de su comadre Blanca Hernández, mejor conocida en el barrio como "Blanki".

—¡Adió, comay! ¿Qué pasó con su carro, que está cogiendo la guagua pública?

—El carro se lo llevó mi esposo para el mecánico, porque estaba fallando.

—¿Y cuánto tiempo va a estar en el taller?

—Creo que hoy mismo me lo dan pa' trás.

—Bueno, entonces hoy anda con los pobres.

—Pobres somos todos.

—Me lo dice.

—¿Y de dónde vienen?

—De comprar la ropa pa' la graduación.

—Ya por fin terminaste.

—Me lo dice. A veces una ni lo puede creer.

—Comay, usted sabe que nosotras las mujeres lo sacrificamos todo y siempre nos ponemos de últimas por la familia.

—Me lo dice. A mí me gustaría que usted fuera.

—Y a mí me gustaría ir, pero ya sabe cómo son en el trabajo.

—Me imagino que, con todas las cosas que están pasando, las enfermeras hacen falta.

—A veces una se cansa, pero el que tiene hijos sabe lo que toma echarlos pa' lante.

—Así mismo es.

Poco a poco la guagua comenzó a llenarse de pasajeros con la misma destinación. Con cada uno que llegaba y se sentaba, los que aún esperaban sentían la desesperación de la espera en medio del sofoco que allí reinaba. Era algo muy común en aquel lugar, donde la necesidad de transporte y la pobreza de muchos los obligaba a abordar vehículos públicos privados. Un sistema de aire acondicionado era un lujo que el conductor no podía permitirse si quería ganarse algún dinero después de cubrir los gastos de gasolina y las rentas que debía pagar al Terminal. Después de todo, la tarifa de $0.95 no alcanzaba para ofrecer comodidades como el aire frío.

Al fin se llenó la guagua con los trece pasajeros necesarios para cerrar las puertas y emprender el viaje. Amalio miraba por la ventanilla, aguardando a que el conductor subiera y pusiera en marcha el vehículo. Entre semáforos, tapones y las múltiples paradas, aquel trayecto podía extenderse hasta una hora, aunque en condiciones normales no debía durar más de treinta minutos.

Mariana, por su parte, continuaba su conversación con "Blanki" sobre diversos temas, lo que hacía que el regreso se sintiera menos tedioso de lo que realmente era.

Al llegar al barrio La Gloria, justo antes de Quebrada Negrito, se escucharon las palabras más esperadas por los pasajeros:

—Me deja —dijo una señora, mientras se preparaba para bajarse de la guagua al borde del Parque de Béisbol La Gloria.

Desde su asiento, Mariana se imaginó en las gradas del parque, gritando emocionada durante los "Field Days" de la Escuela Segunda Unidad Rafael Cordero, cuando alguno de sus hijos competía en aquellas actividades organizadas para el entretenimiento de los estudiantes. Así transcurrió gran parte de su vida: con la última graduación en mente, recordaba cómo se le habían pasado casi treinta años corriendo arriba, abajo, a la izquierda y a la derecha, detrás de las obligaciones educativas de sus cuatro hijos. Ahora, ya no quedaba nada de eso.

Eventualmente, su parada llegó, acompañada por los recuerdos que guardaba en su memoria. Al bajarse de la guagua, habría de caminar cuesta abajo por el Camino #1, que comenzaba en una bajada antes de convertirse en un trayecto cuesta arriba, culminando en una carretera de fuerte inclinación.

Lentamente, Amalio y Mariana llegaron a la casa aquel sábado. El hombre se dirigió a la cocina y preparó los alimentos del día, algo que hacía constantemente, pues disfrutaba de cocinar como lo hacía su padre Pedro, quien le había enseñado el arte.

Mariana, por su parte, se fue a dar un baño para luego medirse su vestido de graduación frente al espejo del cuarto. Se puso su blusa, sus pantalones y sus zapatos antes de mirarse al espejo y reflexionar cuánto había cambiado su vida desde aquella primera graduación hasta la que ahora se aproximaba. Como toda mujer de su edad, se preguntó adónde se habían ido su juventud y sus energías de vida, después de tanto corre y corre empujando a sus muchachos a alcanzar metas a las que ni ella ni Amalio tuvieron acceso por la pobreza. Aunque sus hijos también vivieron ciertas carencias, no se comparaban con las realidades de su infancia ni con las de su esposo.

Salió del cuarto y le modeló su vestido a Amalio, quien solo respondió con una sonrisa y unas breves palabras diciéndole que se veía bien en su atuendo. Satisfecha con el comentario, regresó al cuarto y se desvistió. Sacó otras piezas de vestir, las planchó y luego las colgó en ganchos dentro de su pequeño clóset, pues el domingo era día de visitar la iglesia y adorar a Dios junto con su esposo.

Así transcurrió el fin de semana, entre rutinas y sueños, hasta la llegada del miércoles: el día acordado para la ceremonia que pondría fin a todas las graduaciones en su hogar. A las diez de la mañana se dirigiría al aula donde todo tendría lugar y, después de tanto tiempo, podría cumplir uno de los sueños más anhelados de su vida.

Acompañada de Amalio, llegó al recinto y, mucho antes de ocupar su asiento asignado, las memorias de cada una de las graduaciones de sus hijos irrumpieron en su mente como un enjambre de avispas. No traían ardor, sino sonrisas; aunque, en lo más profundo de su subconsciente, una imagen persistía como marca indeleble: la niña jugando en el patio escolar el día en que su vida de estudiante llegó a su final.

Esperando el comienzo de la ceremonia, comenzó a sudar como un obrero en plena jornada, pues aquel edificio gubernamental era típico de los que se destinan a servir al pueblo humilde. El aula escolar tenía todas sus ventanas abiertas y un abanico que pretendía refrescar el ambiente, aunque en realidad solo movía el calor de un lado a otro.

Un poco incómoda por el calor, observó a su alrededor a un sinnúmero de personas con sonrisas orgullosas, cargando globos inflados con mensajes de felicitación. Algunos llevaban cajitas de regalo, chocolates y otros detalles típicos de estas ocasiones. Entonces recordó las muchas veces que ella misma había comprado obsequios similares a lo largo del tiempo.

De repente, un sentimiento con olor a pasado doloroso la envolvió. Incapaz de resistirlo, sus lágrimas comenzaron a brotar como un aguacero repentino en un día soleado. Amalio la miró y le tomó la mano sin pronunciar palabra, consciente de que nada sería suficiente para apagar las llamas de aquel infierno privado.

Al cabo de unos minutos logró contener el llanto, justo cuando el maestro de ceremonias se colocó frente al micrófono para dar la bienvenida a los graduandos y sus familiares. En su pecho ardía la marca de la indignación que deja un robo, al mismo tiempo que un sentimiento de vindicación personal recorría todo su cuerpo.

El rector inició el programa como tantos otros: saludos, bromas y algún momento para atribuirse parte de los logros de los estudiantes que esperaban ansiosos ver cumplido su sueño. Los nombres comenzaron a ser llamados en orden alfabético, mientras Mariana y su esposo aguardaban la llegada de la letra "R".

Finalmente, el rector pronunció el nombre que ella había esperado durante cuarenta años de frustraciones, sacrificios y dudas:

—Mariana Ramos Santiago. —dijo el hombre.

La mujer se puso de pie de inmediato, abrazó a su esposo y caminó hacia el frente para recibir el diploma simbólico que se otorga a las personas mayores que obtienen el GED como equivalente al título de escuela superior.

Ya en el estrado, al recibir aquel papel, lo sintió como una llave capaz de abrir puertas cerradas durante cuarenta años y poner fin a una etapa marcada por la frustración que había cargado toda su vida —desde el día en que su madre decidió sacrificar su futuro en beneficio de sus hermanos—. En ese instante, Mariana volvió a saltar como cuando brincaba la cuica en el patio escolar tantos años atrás.

Llena de emoción, pensó en sus hijos y en todas las graduaciones que había celebrado junto a ellos a lo largo de los años. Por un instante profundo se sintió la mujer más realizada del mundo. Al ver la felicidad de su esposo, que levantaba ambas manos en señal de triunfo, experimentó una intensa sensación de amor agradecido.

En medio del éxtasis de recibir finalmente su propio diploma de escuela superior, imaginó a su hermana Laura de pie entre el público, aplaudiéndola desde el más allá, con los ojos iluminados por el brillo que solo el amor y el orgullo pueden dar.

Entonces Mariana sonrió mirando al cielo, buscando entre las nubes la sonrisa de su hermana, convencida de que allí estaría proclamando a todo el que pudiera escucharla:

—Esa es mi hermana Mariana, y estoy orgullosa de ella hoy, mañana y siempre...

Cuando el Amor no Basta

LAS LLUVIAS ERAN TORRENCIALES, algo poco común en el mes de noviembre en la isla de Puerto Rico. Desde el interior de la casa, dos mujeres sostenían una conversación interrumpida por los sollozos de Mariana, quien, según se observaba, competía con el cielo en el ejercicio de mojar el mundo. Su amiga la escuchaba con atención, interrumpiéndola solo para intentar contener las muestras de un dolor que llevaba años guardado en lo más profundo de su ser.

—Yo no sé por qué me hace esto después de que le di todo lo que podía darle.

—No llores más es que a veces las cosas son así.

—Es un mal agradecido que no aprecia de los sacrificios que se hicieron por él.

—Así son muchos hombres. Una les da todo y luego se olvidan.

—Pero no debería de ser así.

—Qué le vamos a hacer.

Esa escena se repetía una y otra vez en la vida de Mariana: el intento constante de reconciliar sus recuerdos del pasado con un presente que la hacía sentirse como la mujer más insignificante del mundo. En su mente, buscaba razones que explicaran cómo había llegado hasta allí. Como tantas otras mujeres en su situación, no lograba identificar con certeza qué errores había cometido para pasar de ser la figura más importante en la vida de aquel hombre, a convertirse en alguien que él parecía despreciar con cada gesto, como si fuera la persona menos valiosa sobre la faz de la tierra.

Por esas razones, Mariana se encontraba muchas veces arrodillada entre los banquitos de la iglesia Bautista Sion, en el barrio Quebrada Negrito de Trujillo Alto, rogándole a Dios por el día en que su hijo comenzara a reconocerla como la madre que fue: una madre abnegada que, aunque imperfecta como todo ser humano, hizo cuanto estuvo a su alcance por él. Sin embargo, en el presente, él le pagaba con una ingratitud que parecía reservada para los peores enemigos.

Esa realidad la sumía en momentos de profunda desesperación y súplica, cuando pedía a los hermanos de la iglesia que incluyeran a su hijo en sus oraciones, con la esperanza de que algún día encontrara el camino de regreso a casa. Y mientras se le gastaban los años esperando, se resguardaba en memorias del pasado cuando aún ella era importante en la vida de su hijo.

—Yo lo que te digo Mariana es que le digas a tu hijo que no se junte con Tommy el de la loma, que ese muchacho no tiene buenos modales.

—Es que se lo he dicho ya, que no lo quiero con malas juntillas.

—Pues estaban en casa juntos y se desaparecieron 10 centavos que tenía en la mesa. Y aunque diez centavos no son na', así es que empiezan a robar con cosas pequeñas.

—Deja que yo lo agarre que le voy a dar una pela. Eso no se hace.

—No Mariana es que no fue él, fue Tommy. Yo sé que el tuyo no hace esas cosas.

—Pero comoquiera.

—Yo lo que te digo es que le hables, no que le des golpes.

—Cuando él llegue yo lo arreglo.

Ya entrada la tarde, el muchacho regresó a casa tras haber pasado horas jugando juegos de azar con sus primos y amigos. Mariana lo abordó de inmediato, lanzándole una pregunta que él no alcanzó a responder, pues ella estaba decidida a imponerle una lección que lo avergonzara lo suficiente como para que nadie volviera a quejarse de él. Con firmeza, le dio varios correazos mientras le gritaba advertencias que, según ella, debía escuchar si no quería enfrentar consecuencias similares en el futuro.

—Que sea la primera y última vez que alguien venga aquí a darme quejas de ti, que yo no estoy criando a un pillo.

—Pero yo no me robé nada. —dijo el muchacho en medio de sus llantos.

—Yo lo sé, pero ya te lo he dicho muchas veces que el que anda con pillos también lo acusan de robar.

—Eso no fui yo.

—Yo no te estoy dando porque fuiste tú.

—¿Y por qué me estás dando?

—Por no hacerme caso y andar con malas juntillas.

—Pero no fui yo.

Recordando aquel instante, Mariana se sintió arrepentida de sus acciones y reflexionaba sobre cómo, en sus momentos de inmadurez, había cometido errores con su hijo. No obstante, sabía que esos errores no fueron exclusivos con él, pues los otros tres también habían sido víctimas de las mismas fallas. Aun así, sus otros hijos seguían buscándola y tratándola como la madre que fue: una madre responsable.

Desde aquellos pensamientos, su mente la llevó de regreso a su juventud y niñez, donde se descubrió reconociendo que, aunque aceptaba sus errores, a los quince años nadie le había enseñado cómo ser madre. A esa edad, aún era prácticamente una niña que acababa de dar a luz a su primer hijo. Y desde lo más profundo de su ser, trataba de identificar sus fallas, razonando que, entre todas las cosas que hizo mal, hubo algo que nunca faltó: el amor que le dio a su hijo. Un amor que, a diferencia del suyo, ella no recibió de manera constante por parte de su propia madre.

Recordó cómo, con la llegada de aquel primer hijo, las muñecas y los juegos se convirtieron en cosas del pasado. Su apariencia física dejó de importar, al mismo tiempo que todos los segundos y los latidos de su joven corazón comenzaron a latir solo para él. Cada vez que lo miraba, sus esperanzas y preocupaciones sobre el futuro de aquel bebé se convertían en la esencia misma de su vida.

Las memorias de las primeras veces que el niño sufrió fiebres o vómitos regresaron con intensidad. Recordó cómo salía corriendo en busca de alguna mujer con experiencia en la crianza de bebés, cómo se refugiaba en los consejos de aquellas que ya habían atravesado ese camino. Y no importaba cuántos recuerdos guardaba en su mente, porque al final, ella era la única que recordaba todo lo que había hecho por su hijo—cosas que él mismo no podía, o no quería, recordar.

Unos días más tarde, se encontró en la iglesia, durante el culto del domingo. Esperaban con fervor el momento en que el pastor pronunciara sus palabras y comenzara a aceptar peticiones, para que entre él y todos los hermanos de la congregación enviaran un mensaje colectivo a Dios:

—¿Alguna persona necesita que oremos por un enfermo en la familia?

—Yo, señor pastor, deseo que oren por mi hijo mayor.

—Hermana Mariana, ¿todavía no se ha acercado?

—No.

—Entonces oremos para que Dios le abra los ojos y el corazón.

—¡Amén!

Tanto el pastor como la iglesia entera estaban al tanto de la situación de Mariana. Sabían de sus pesares, de los dolores emocionales que le causaba el abandono afectivo de su hijo, y de todas las maneras en que aquella relación se había deteriorado por la ignorancia de ambos. Ella, intentando prevenir que su hijo cometiera errores que marcarían su vida; él, resentido porque sentía que ella seguía tratando de protegerlo de sus propios tropiezos.

Fue así como, mientras escuchaba la oración del pastor —quien no solo pedía por los enfermos del cuerpo, sino también por los del alma— Mariana se vio envuelta en otra discusión con su hijo. Aquel día, él regresó a casa visiblemente embriagado y trató de engañarla, atribuyendo su estado a un supuesto exceso de azúcar consumido en poco tiempo.

—Fueron los dulces, mami. No sé por qué estoy así.

—Niño, no me quieras ver la cara de pendeja. Yo sé cómo se ve un borracho.

—Yo no estoy borracho, mami. Solo estoy un poco mareado.

—No te atrevas a mentirme. ¿Con quién estabas tomando?

—Yo no estoy borracho, es que...

Mariana perdió los estribos y lo golpeó en la cara. Fue un acto humillante que lo llevó a salir corriendo de la casa para refugiarse en la de un amigo. Desde entonces, comenzó a mostrar un profundo desdén por la autoridad de su madre.

Meses después, Mariana recibió una carta de la escuela del muchacho solicitando su presencia. Al llegar, se enteró de que su hijo llevaba tiempo sin asistir a clases. Lo comprendió todo al notar que el joven estaba enamorado de su novia del momento, y que por ella había abandonado todo lo que Mariana le había inculcado a lo largo de su vida.

—Te dije que tengas cuidado con la muchachita esa que lo menos que te conviene es ser padre a esta edad.

—Yo sé lo que estoy haciendo.

—No vayas a repetir mis errores que te tuve a ti muy joven y no estaba preparada para ser madre.

—¿Quieres decir que no me querías?

—Yo no he dicho eso. Lo que te digo es que si yo supiera lo que sé ahora hubiera esperado un tiempo para tenerlos a ustedes.

—Pero no lo esperaste y ahora quieres decirme a mí que espere.

—Que no se te vaya la mano y preñes a esa muchacha. Ustedes no están listos pa' ser padres.

—Eso no va a pasar...

Meses después de aquel episodio, el muchacho entró a la casa de su madre acompañado de su novia, quien se mostraba visiblemente alterada por la situación que atravesaba. Según lo que él le explicó a Mariana, la joven tenía un mes de embarazo y su propia madre la había desalojado de su hogar. Por esa razón, ambos necesitaban con urgencia un lugar donde quedarse. Mariana que vivía en una casa muy pequeña, se vio forzada a albergar a su hijo junto con la futura madre su primer nieto o nieta.

Aunque había accedido a ayudar a su hijo, dentro de su mente albergaba el coraje de sentirse ignorada y el arrepentimiento de saber que aquella pareja no estaba lista para afrontar la responsabilidad que vendría en 9 meses. Eso causó problemas entre los tres, pues ella no era una persona capaz de aguantarse cosas en silencio como lo hacía en su niñez.

—Yo te dije a ti que te cuidaras y mira ahora, un niño aun con un bebé en el camino.

—Yo no soy un niño

—Pues te comportas como tal. Y yo no sé qué te vas a hacer si ahora tienes que irte a trabajar

—Tú también me tuviste joven, entonces por qué yo no puedo hacer lo mismo

—Tú bien sabes lo que pasó conmigo y por eso es por lo que te lo advertí, yo no estaba lista para ser madre en aquel entonces, así como tú no estás listo para ser papá.

—Yo sí estoy listo.

—Eso dices tú mijo, pero no lo estás.

—Tu nunca crees que yo puedo hacer nada

—Yo no dije eso. Lo que dije es que eres muy joven para tener esa responsabilidad.

Desde ese momento, el corazón del joven comenzó a albergar un rastro de resentimiento. Su ignorancia le impedía comprender los motivos de Mariana para desconfiar de su capacidad de criar a un bebé, y desoyó las advertencias de la mujer sobre cómo su relación con la muchacha cambiaría al enfrentarse a las exigencias de proveer para el recién nacido.

El joven abandonó definitivamente la escuela y empezó a desempeñar trabajos esporádicos en busca de una mínima estabilidad económica. Con el tiempo, llegó el segundo bebé: una niña en quien Mariana vio la oportunidad de formar a una mujer a su imagen. Mientras esto ocurría, su hijo y su esposa comenzaron a planear su mudanza, necesitados de alejarse de aquella vieja bruja que, según ellos, los atormentaba con consejos anticuados sobre cómo criar a sus hijos.

Pasaron dos años, y un día el joven regresó a la casa de su madre con tres hijos a cuestas y la frustración de una relación que había terminado en desastre: su esposa había huido del hogar, abandonándolo a él y a los niños en el proceso. Tras el acostumbrado periodo de apoyo, Mariana asumió por completo el cuidado de sus nietos, mientras el padre trabajaba y se entregaba a la parranda, sin prestar demasiada atención a las necesidades de sus hijos.

Con el tiempo, estableció otra relación que también terminó en fracaso, seguida por otra que tuvo el mismo desenlace. Mientras los años pasaban, Mariana se encargaba de la crianza de sus nietos, impulsada por la necesidad de brindarles el cariño que ella misma nunca recibió en su infancia.

Tiempo después, el hombre inició una relación con una muchacha más joven que él. En ella encontró algo que le hacía falta: una persona con metas claras y establecidas. La relación se volvió seria y pasó de ser un noviazgo de visitas a una convivencia. Sin embargo, para la joven, asumir el rol de madre era algo impensable. Por ello, le pidió a su pareja que solicitara a Mariana quedarse con los niños, mientras ellos buscaban la felicidad libres de la responsabilidad que implicaba un hombre con tres hijos.

Mariana se sentó en su pequeña sala a analizar la petición de su hijo. Abrumada por la decisión que debía tomar, sintió un leve ataque de ansiedad. De un lado estaban sus nietos, a quienes prácticamente había criado, y le dolía profundamente la idea de verlos partir, quizás lejos de ella. Del otro lado estaba su hijo: el hombre que había ignorado todas las advertencias, que no escuchaba consejos y que la trataba como si ella no supiera de lo que hablaba.

Sentada allí, con los nervios recorriéndole el pecho, repasó cada argumento a favor de quedarse con sus nietos y cada riesgo en contra. Si se quedaba con ellos, podía asegurarse de que recibieran el cariño y el amor que tanto necesitaban. También estaría allí para ofrecerles su experiencia cuando hiciera falta. Pero si los dejaba ir, los exponía a la dejadez de su hijo y a todo lo que eso implicaba. Aquí tienes una versión corregida y estilísticamente más fluida del fragmento, manteniendo su tono testimonial y emocional:

—Si le quitas la responsabilidad de padre a ese muchacho ahora, ¿cuándo va a aprender?

—Pero los niños...

—Los niños son sus hijos, y en mi opinión, deben estar con su papá.

—Pero tú sabes que ese muchacho no quiere aprender.

—Mariana, si le quitas esa responsabilidad ahora, no va a aprender nunca.

—¡Concho! Me duele tener que dejar ir a los niños.

—Allá tú. Yo lo que te estoy dando es un consejo de amiga.

—Ya lo sé. ¡Gracias!

Pasaron unos días y Mariana tomó la decisión de hacer responsable a su hijo de sus propios hijos. La decisión no llegó fácilmente, pero en su pecho sentía que era la correcta. Tendría que hacerse fuerte para ver cómo sus nietos empacaban sus pertenencias: los juguetes que ella y su esposo les habían comprado, la ropa que también ellos habían pagado. Así fue como se marcharon de la casa: él, lleno de resentimientos que no sabía cómo nombrar; ella, con el corazón apretado, pero firme en su convicción.

En la mente del muchacho no cabía la posibilidad de reconocer que su madre había hecho mucho por él —mucho más de lo que ella misma había recibido en una juventud marcada por desafíos y abusos. Para él, la falta de apoyo total por parte de Mariana era una prueba irrefutable de que nunca lo había querido. No importaba lo que hiciera: estaba convencido de que ella jamás lo querría como a sus otros hijos, especialmente los menores, quienes parecían escapar de los castigos que él había recibido por las mismas ofensas.

Estos pensamientos se arraigaron en su alma, y comenzó a sentir un resentimiento profundo hacia su madre, del que no podía liberarse fácilmente. En su mente, la forma más adecuada de lidiar con aquel vacío era cortar su relación con Mariana y olvidar todo lo que ella había hecho por él —con intención o sin ella.

Olvidó el amor recibido en su niñez, cuando ella era la única mujer que le importaba. Olvidó las muchas veces que estuvo a su lado de forma incondicional. Borró todas las ocasiones en que ella acudió a su rescate, incluso cuando él había cometido errores evitables. En su mente, sacar a aquella mujer de su vida era la solución correcta para no tener que enfrentar su propio papel en todo aquel conflicto.

Nunca se detuvo a pensar que él fue el primer hijo con el que Mariana tuvo que aprender a ser madre. Nunca entendió que la vida y las experiencias de ella la habían convertido en una mejor madre para sus hijos menores, pues con ellos ya sabía aplicar consecuencias sin la severidad que él había recibido. Nunca estuvo dispuesto a darle a su mamá el mismo beneficio de la duda que sí les concedía a sus parejas emocionales.

Eventualmente dejo de visitar a su mamá y a negarle las visitas de sus nietos. Solamente en ocasiones que quería ir con su mujer a algún lugar, encontraba la dirección a la casa de su madre a dejarle los niños bajo su cuidado, para poder disfrutar de un día sin responsabilidades.

Aunque Mariana recibía a su nietos con amor y esmero discutía ocasionalmente con su hijo al escuchar la forma en que estaba criando a sus hijos, pues según los niños en la casa de su padre no había un trato justo para ellos de parte de su padre y su madrastra.

Estos reclamos comenzaron a ensanchar la ruptura que existía entre madre e hijo. Aquella grieta que se había abierto en la juventud del muchacho se expandió de forma irreversible, hasta culminar en el día en que él emigró a los Estados Unidos en busca de mejores oportunidades económicas. La mudanza le ofreció el espacio que, según él, necesitaba para crecer; y a Mariana, la soledad que se hereda cuando se ama a personas que son familia, pero ya no representan una responsabilidad inmediata.

Así, el silencio comenzó a reemplazar las discusiones, y el resentimiento ocupó el lugar del amor. El hombre empezó a tener problemas con su nueva pareja, pues, al igual que con su madre, pretendía delegarle la responsabilidad de criar a sus hijastros. Ella, aunque se vio obligada a asumir ese rol por un tiempo, no estaba de acuerdo con esa carga.

Fue entonces cuando comenzaron a llegarle a Mariana quejas de sus nietos: relatos de abandono, de maltrato, especialmente de su nieta, a quien ella adoraba sin condiciones.

Envuelta en la rabia que provoca la impotencia, Mariana comenzó a cruzar líneas éticas en la vida de su hijo mayor. Le reclamaba por situaciones que había escuchado directamente de los labios de sus nietos, y se entrometía en su relación de pareja, sobre la cual también recibía comentarios de la suegra del muchacho, quien le hablaba de los desacuerdos constantes en torno a la crianza de los niños. Y durante las llamadas telefónicas las discusiones se volvían tensas y algunas veces terminaban con el enganche del teléfono.

—Yo no sé qué tú vas a hacer porque ya tu mamá se me salió. —decía la mujer del hijo.

—A mami hay que darla por loca.

—Eso lo harás tú porque ya no quiero saber nada de ella.

—¿Qué le vamos a hacer?

—No que le vamos, ¿Qué le vas a hacer tú?

—No te preocupes, que yo la voy a arreglar.

Según sus cálculos, la solución era sencilla: dejaría de llamar a su madre y de hablar con su padre para evitar aquellas discusiones. Permitía las llamadas de sus hijos, pero solo bajo supervisión, asegurándose de que no se compartieran detalles íntimos del hogar, como la manera en que se estaba criando a los muchachos.

Con el paso del tiempo, el silencio se volvió humillante para la mujer, quien, de vez en cuando, llamaba a su hijo solo para escuchar el tono vacío del teléfono. Frustrada, le comentaba a su esposo Amalio la situación.

—Este sinvergüenza se ha olvidado de nosotros.

—No te preocupes, eso se le pasa.

—¿Qué se le va a pasar, si nosotros no le hicimos nada?

—A veces las cosas son así. A mí tampoco me llama.

—Pero hay que ser muy malagradecido para hacernos algo así.

—No podemos hacer na', solo dejarlo en paz para que lo piense.

Pasaron unos años y fue así como, en el extranjero, el hombre comenzó a prosperar de una manera que siempre le había sido esquiva en su isla natal. Con la llegada de diferentes oportunidades económicas, llegó a la conclusión de que hasta aquel preciso momento todo lo que no había sido fructífero era consecuencia de la presencia de su madre en su vida. Entonces se llenó de rabia, acusándola internamente de sus fracasos, y apoyado por su esposa encontró una, dos y hasta tres razones para aborrecer a Mariana.

Con aquel sentimiento incrustado en las paredes de su pecho, empezó a utilizar a los padres de su esposa como reemplazo de los suyos. Desde ese momento comenzó a comprar regalos lujosos para su suegro y a recibir a su suegra con alfombra roja en su hogar. Y mientras iba la milla extra para ganarse el favor de aquellas personas a las que trataba como reyes con coronas de bronce, sus propios padres se convirtieron en un mal recuerdo del que no quería acordarse.

Fue así como, a través de las conversaciones de sus hijos con los abuelos maternos, enviaba mensajes de desprecio a su madre mientras ignoraba la presencia de su padre. Y cuanto más lo hacía, mejor parecía ser su relación con su esposa. Los dos estaban llenos de menosprecio hacia los padres de él y no dejaban pasar oportunidad para recordarles que sus vidas eran las de gente pobre, mientras que las de ellos estaban colmadas de bendiciones económicas, fruto de sus esfuerzos y de un Dios lleno de miserias y falsos orgullos.

Mientras tanto, en Puerto Rico, Mariana comenzó a sentir los efectos de aquel menosprecio y, aunque intentó algunas veces recomponer su relación con su hijo, éste no parecía estar interesado en restablecer vínculos con la que consideraba la mujer más mala del mundo. Por esas razones, Mariana perdió el control en varias ocasiones, acusando a su hijo de ser un malvado y un malagradecido que no recordaba sus sacrificios para ofrecerle las oportunidades que ella nunca tuvo. También se enfureció al ver cómo aquel abandono afectaba la vida de su esposo Amalio, pues para ella era una cosa que su hijo la despreciara, pero que hiciera lo mismo con su padre no tenía excusa alguna.

A lo largo de los años sostuvieron muchas discusiones, influidas por el aislamiento de Mariana de la vida de sus nietos y también por las constantes quejas de su nieta que, buscando el apoyo sentimental y moral que le negaban en su hogar, exageraba situaciones o no solía callarse historias que sabía iban a provocar alteraciones en una paz que nunca parecía existir entre su padre y su abuela. Todas estas variables continuaron arruinando la relación de Mariana con su hijo, y éste parecía querer dejar de verla para siempre, pues eso resultaba beneficioso para su relación con su esposa, quien se creía una princesa casada con un sapo que nunca se transformó en príncipe. Al menos la bruja de su madre no sería un problema para ella, pues su esposo era demasiado fácil de manipular.

Eventualmente, el hijo regresó a Puerto Rico en sus primeras vacaciones después de establecerse en aquel país. Y aunque permaneció en la Isla por más de dos semanas, no visitó ni un solo día a su madre ni a su padre. Tampoco los llamó para hacerles saber que estaba cerca. Se concentró únicamente en ofrecerle cortesías a sus suegros: regalos caros, cosas extravagantes para el suegro; perfumes de marca y otros detalles elegantes para la suegra. Pero para su madre, solo existían el rencor y el silencio.

Así pasaron los años, y con los nietos ya un poco crecidos, las restricciones de comunicación se volvieron imposibles de mantener. Entonces, sus hijos comenzaron a entablar conversaciones con Mariana, conversaciones que su propio padre no tenía deseos de sostener. Una de las situaciones más comunes eran las quejas de la nieta sobre su vida en casa. Envuelta en el rencor y la inmadurez, le relataba a Mariana versiones distorsionadas de situaciones que incluían supuestos abusos físicos y emocionales. Con cada palabra negativa de la muchacha, Mariana se llenaba de frustración y rabia, pues no podía concebir que su hijo fuera como su nieta lo describía.

Aquellas conversaciones con la muchacha solo ampliaron la grieta emocional entre madre e hijo. Mariana nunca se detuvo a considerar la posibilidad de que su nieta le mintiera para hacerse ver como una víctima constante. Y él, por su parte, se enojaba más al pensar que, sin importar cuánto tiempo pasara, su madre aún no lo veía como un adulto capaz de tomar las riendas de su vida.

Las discusiones se tornaron severas, y la enemistad entre madre e hijo, suegra y nuera, llegó a múltiples puntos de inflexión que nunca habrían de resolverse. Fue así como la pareja decidió que lo mejor que podían hacer con Mariana era ignorarla y, cuando tuvieran la desdicha de compartir tiempo con ella, humillarla.

Un año, en el que les fue imposible evitar el encuentro con la mujer, decidieron llevarle un regalo que expresara lo que realmente sentían por ella. Fueron a una tienda de $0.99 y compraron una bolsita de regalo donde colocaron los jabones y champús del cuarto de hotel. Al llegar a la casa de Mariana, le entregaron los artículos de forma prepotente y hostil. Ella recibió el regalo y los trató como sentía que debía tratarlos. La visita duró unos treinta minutos y, al irse ellos, Mariana tomó el regalo y lo arrojó a la basura antes de romper en llanto por la humillación que sintió.

—¿Qué te pasa? —preguntó Amalio.

—Que estos cafres[1] me trajeron los jabones del cuarto de hotel para humillarme.

—No les hagas caso. A nosotros no nos hace falta na' de eso.

—Yo lo sé, pero lo que él nos hace a nosotros no es justo.

—¿Qué podemos hacer?

Esta situación habría de repetirse por muchos años, y fue así como Mariana comenzó a deprimirse cada vez que pensaba en su hijo y en sus nietos. Trataba de conectar sus propias experiencias de niña con las de su hijo. Aunque reconocía sus errores —y sabía que fueron muchos— nunca pudo aceptar que su comportamiento hubiera alcanzado el nivel de sufrimiento que ella misma vivió en su infancia.

Tanta frustración la llevó a buscar ayuda psicológica, lo que derivó en medicamentos para la depresión y en múltiples formas de expresar su dolor: gritos, llanto y un desatino emocional que la desbordaba. En numerosas ocasiones, buscó consejos entre sus amistades sobre cómo reparar la relación con su hijo, hasta llegar a sentir que la única manera en que él la trataría como trataba a su suegra sería humillándose ante él y su esposa. Algo que terminó haciendo, en vano, pues en el corazón de su hijo el rencor era más abundante que el amor que alguna vez sintió por ella.

Así se encontró muchas veces, como se encontraba ahora: arrodillada en la iglesia, escuchando al pastor y a la congregación orar por su hijo, pidiéndole a Dios que abriera su corazón para que volviera a ver a su madre como lo que siempre fue: una madre abnegada, aunque imperfecta.

Con el paso de los años, la situación mejoró un poco, pero nunca volvió a ser como antes de que su hijo ignorara todos los consejos que ella le había dado. Mariana nunca habría de recibir de aquel muchacho el amor que ella le entregó a lo largo de su vida.

Y con una enfermedad terminal destruyendo su cuerpo y acercando el final de sus días, Mariana, sentada en una cama de hospital, le confesaba a uno de sus hijos algo que la hería profundamente:

—Me voy a morir y él nunca me va a perdonar.

—Él no tiene nada que perdonarte, mami.

---

1. Cafres: En el español de Puerto Rico, se usa para describir a alguien de comportamiento rudo, de mal gusto, o considerado "de baja educación.

—Es que yo esperaba que con esta enfermedad se acercara a mí un poco antes de que me muera.

—Mami, concéntrate en mejorarte y olvídate de lo demás.

—No me puedo mentir a mí misma. Yo sé que me voy a morir pronto.

—Si sigues pensando así, sí.

—Y aun así ese muchacho no me quiere.

—Eso no importa ahora.

—A mí sí me importa, porque cometí tantos errores.

—Errores hemos cometido todos.

—Pero yo...

—Tú nada. Tú hiciste lo mejor que pudiste, y el que no entienda eso se puede ir pa' la mierda.

—Es que...

—Es que nada.

—¿Tú no crees que hice las cosas mal?

—Los dos hicieron las cosas mal. Él con su rencor, y tú creyendo todo lo que te decía tu nieta sin pensar que podía estar mintiéndote. Pero eso ya pasó. Tú sabes que hasta conmigo has tenido problemas. Eso es parte de la vida.

—¿Por qué tú nunca me dejaste de hablar?

—Porque yo no veo la vida como él.

—¿Entonces?

—Dicen que cada cabeza es un mundo.

—Tú nunca te enojaste conmigo.

—Claro que sí, pero después de todo tú eres mi mamá, y yo no te voy a dejar de hablar por nada del mundo.

—Yo quisiera arreglar esto antes de morirme.

—Eso no es cuestión tuya. Ya tú hiciste lo que podías hacer.

Unos meses después de aquella conversación, la vida de Mariana llegó a su final sin haber recibido nunca aquel acercamiento que tanto anhelaba. Su vida terminó esperando que la reconocieran por lo que fue: una madre imperfecta con buenas intenciones. La que lloró por humillaciones y se tragó su orgullo ante la dejadez. La que se sacrificó en cuerpo y alma, dando más de lo que ella hubo de recibir. La que aun cuando cometió errores solo trataba de ayudar, aunque a veces de manera errática. La que derramo miles de lágrimas tratando de arrancarse aquel dolor.

Una mujer que pudo haber repetido con sus hijos los errores que su propia madre cometió con ella, pero que decidió ser mejor. Aun así, su mejor nunca fue suficiente para aquel muchacho, lleno de ignorancia y rencor, que se convirtió en la persona que más la humilló en su vida pobre y sacrificada. El que nunca pareció capaz de absorber las lecciones y la esencia para entender que su madre siempre quiso para él las cosas que ella nunca tuvo.

Mariana se convirtió en una de tantas madres que lo dan todo por sus hijos, solo para ser sacrificadas en el altar de la ingratitud. Murió sin recibir la absolución que tanto deseó, con ese vacío en el pecho que la causaba más dolor que el cáncer que la consumía. Y en sus últimos segundos de lucidez sintió como es que se sienten muchas madres al darse cuenta de que esas situaciones son tan comunes entre mujeres sacrificadas como ellas: víctimas de los beneficiarios de sus amores y sacrificios que mueren sintiéndose inútiles, vacías y llenas de decepción... ¡CUANDO EL AMOR NO BASTA!

Anécdotas

Mi mamá era una persona alegre y también complicada. Dentro de todo —y aunque su vida no fue fácil— siempre encontraba momentos para reírse, incluso de sí misma. Espero poder contar su historia de una forma que le haga justicia, sin convertirla en una caricatura de perfección ni en una payasa de ignorancia. Por eso he decidido incluir en este libro anécdotas de las cosas que recuerdo, sin filtros que le resten su valor humano.

Mi mamá vivió siempre atrapada por su imposibilidad de asistir a la escuela como lo hicieron sus hermanos. Esa herida la empujó a exigirnos esfuerzo en los estudios, pues entendía que, si había alguna oportunidad de escapar de la pobreza que ella y mi papá vivían, era a través de la educación. Como muchos niños puertorriqueños, crecí escuchando el famoso dicho: "Los maestros son tus segundos padres", acompañado de advertencias sobre comportarme correctamente.

Muchas veces, por mi propio comportamiento y otras por falta de comunicación, recibí "mis buenos golpes" con la correa o la varita de tamarindo. Aunque en el momento me dolieron y llegué a desearle a mi madre muchos pesares, hoy estoy —y estaré— eternamente agradecido por esas pelas[1]. No me mataron; solo me dibujaron una imagen de dolor físico que pudo haberse transformado en dolores del alma.

Y aunque hoy no soy rico ni nada por el estilo, sé que me beneficié de los esfuerzos de mis padres. Cuando mis hijos disfrutan de cosas que yo no tuve en mi niñez, no me quejo como hacen algunos. Agradezco que, gracias a los sacrificios de mis padres, mis hijos puedan vivir sin enfrentar aquella pobreza.

Mi madre tenía un temperamento volátil en su juventud. No se detenía a pensar mucho antes de actuar, y eso a veces la hacía ver como violenta ante nuestros ojos. Según ella, "no nos iba a reír las gracias a ninguno". En medio de sus demandas, mi papá era quien recibía uno que otro grito por cosas que estaban fuera de su alcance.

Recuerdo, por ejemplo, cuando quería un sistema de estéreo nuevo y mi papá no quería comprarlo porque siempre había necesidades en la casa. Ella lo acusaba de "maceta[2]", y en una de sus rabietas arrancó el estéreo de donde estaba y lo lanzó monte abajo, quejándose como una niña engreída de que nadie le daba nada. Unos días más tarde, mi papá le regaló otro aparato. Nunca entendí por qué hacía eso ni por qué él la complacía después de esas peleas. Hoy, en mi madurez, sé que mucho tuvo que ver con la corta edad con la que se fue a vivir con él. Los Catorce años de diferencia de edad entre ellos y la ausencia de su propio padre debieron contribuir a su inmadurez.

En el barrio, lleno de familias pobres, siempre había competencia y bochinches. Uno de ellos, que la envolvía con un supuesto amante de avanzada edad, terminó en algo muy doloroso para un vecino.

---

1. Pelas: golpizas

2. Maceta: tacaño

Según mi mamá, mientras estaba en la Plaza del Mercado en Río Piedras y mi papá compraba un café, un hombre mayor la abrazó y un vecino que pasaba por allí los vio. El hombre resultó ser uno de sus padrastros y padre de cuatro de sus hermanos. Días después, ella se enteró de que el vecino había dicho en el barrio que la vio con un chillo[3] .

Semanas más tarde, cuando el vecino pasó cerca de nuestra casa, mi mamá agarró una manguera verde de regar el jardín, la envolvió en sus manos y le dio una tunda de golpes que él ni se esperaba. Para su crédito, el vecino se fue y nunca se atrevió a enfrentarla. Creo que, desde lo profundo de su alma, sabía que se merecía lo que le pasó por bochinchero.

Un día, un vecino un poco mayor que yo me dio un golpe y me arañó la cara. Mi mamá se llenó de rabia, agarró un palo seco y, conmigo de la mano, fue hasta la casa del muchacho. Gracias a Dios que no lo encontró. Aun así, le dijo a la mamá del joven que, donde lo agarrara, le iba a dar sus buenos cantazos para que dejara de abusar de los más chiquitos.

Yo la convencí de que no valía la pena y nada pasó. Sé que, aunque el muchacho estuvo mal, no fue su intención arañarme; cosas así pasan entre jóvenes. Aun así, aprecio el coraje de mami. Ella no medía consecuencias cuando se trataba de nosotros. Si alguien se metía con sus hijos, eso bastaba para una pelea, aunque fuera con palo o manguera.

Un día, para mi sorpresa, mi mamá me acusó de consumir drogas basándose únicamente en rumores de algunos vecinos. Aquello me molestó tanto que dejó en mí un amargo sabor del que nunca pude desprenderme. Aunque eventualmente se disculpó al ver que el rumor era falso, jamás pude olvidar la desilusión de saber que mi propia madre dudaba de mi carácter. Yo tenía apenas 13 años...

---

3. Chillo: Amante

En aras de la honestidad, debo decir que tuve que sacar a mi mamá de mi hogar en dos ocasiones, aunque no quería hacerlo.

La primera vez vino de visita por quince días y terminó quedándose seis semanas en la sala de mi casa. No tenía dónde albergarla y otros familiares vivían cerca, pero aun así no se quería ir. Tras una conversación, se fue a casa de mi hermano mayor, donde duró tres días; luego pasó a la casa de mi hermano menor, donde duró dos. Cinco días después regresó a mi hogar para comprar los pasajes de regreso a Puerto Rico y, aunque yo había sido quien más la albergó, fue conmigo con quien más se enojó.

La segunda vez fue después de ignorar mis advertencias y terminar veintidós días en el hospital, víctima del COVID-19. Al ser dada de alta, vino a mi casa, donde mi esposa y yo pasamos todas las vacaciones del verano cuidándola y llevándola a sus citas. Mis vacaciones son de diez semanas, por si acaso. Cuando llegó el momento de volver a trabajar, mi tía Milagros la invitó a quedarse con ella, donde había un cuarto disponible. Aun así, se negaba a irse a un lugar más cómodo y quería quedarse durmiendo en mi sala.

Yo llevaba tres meses lidiando con su cuidado, y dejarla sola todo el día no era lo indicado, especialmente luego de que comenzara a sufrir problemas del corazón que requerían supervisión que no podíamos proveer. Tampoco nos sentíamos emocionalmente capaces de continuar sin descanso. Como tenía dónde estar, le dije que se tenía que ir, y me reprochó muchas cosas. Aun así, era la mejor opción para ambos. La obligué a irse con mi tía y, aunque se molestó unos días, se le pasó rápido.

Digo todo esto porque entiendo que nuestra relación no fue color de rosas y no quiero que se me acuse de omitir cosas que podrían percibirse como hipocresía.

A mami le encantaba cantar canciones de Ana Gabriel, y una vez tuve la oportunidad de comprarle unas boletas para verla en concierto. Creo que fue uno de los días más significativos de su vida, y estoy agradecido de que, gracias a sus sacrificios conmigo, pude darle ese regalo. También le gustaba cantar en la iglesia y disfrutaba bailar.

Amaba la playa; era uno de sus pasatiempos favoritos. Le gustaba tanto el mar porque creció en la barriada La Perla. Irónicamente, no sabía nadar. Por eso sus playas favoritas eran El Escambrón y luego Las Positas de Loíza, donde podía sumergirse sin temor a ahogarse.

Cuando estábamos chiquitos nos dio piojos a todos en la casa, y como el champú RID costaba demasiado, nos lavó la cabeza con champú para perros, de los que venían en una botellita azul. Según sus cálculos —y las aseveraciones de otras personas— era más efectivo para asfixiar los piojos porque mataba las pulgas en los perros. Recuerdo que apestaba horrible y lo odiábamos, pero según ella era mejor estar apestoso que piojoso.

Cuando tenía nueve años, mi mamá vio en un reportaje de televisión que el café era dañino para los niños. Yo fui, y siempre seré, cafetero. Por eso, cuando decidió empezar a darme chocolate, me negué a tomarlo, algo que no se hacía en mi casa cuando ella emitía un mandato.

Al verme retarla delante de mis hermanos, me echó el chocolate por encima dos días corridos, hasta que mi papá se interpuso y le pidió que no hiciera eso. Ella decidió no darme chocolate, pero tampoco café. Así pasaron varios meses hasta que se le quitó la insistencia. Aunque, como mi abuelo Pello vivía cerca y era mi alcahueta[4] principal, y me daba café a escondidas cuando yo salía para la escuela, nunca dejé de tomar café realmente. Ese fue un secreto que le guardé a mi mamá hasta el día en que mi abuelito murió en el año 2005.

---

4. alcahueta: Complice

Mi mamá fue siempre una mujer pobre y luchadora que trabajó duro para criarnos con ejemplos de decencia y dignidad. Limpió ventanas, planchó ropa, vendió los famosos "Productos" que se vendían antes de Avon, trabajó de payasa en cumpleaños y, hasta que se enfermó, vendió productos Avon. Y aunque nunca tuvo una nómina con su nombre y seguro social, se fastidió con nosotros y con sus tres primeros nietos en medio de tanta lucha.

Por eso he aprendido a respetar a las mujeres amas de casa y a corregir el error de decir que no trabajan. En sus hogares, el trabajo siempre se les queda a ellas, mientras nosotros gastamos el tiempo pretendiendo que somos más importantes de lo que realmente somos.

Aquí concluyo estas anécdotas, que existen como recordatorio para mí y para quien lea este libro de que no hay persona ni relación perfectas. Solo hay seres humanos con sus altas y bajas, sus virtudes y defectos, sus triunfos y fracasos. Y eso no los hace nada más que seres humanos, a quienes no tenemos que canonizar para amarlos, respetarlos y extrañarlos. Nuestras vidas serían mucho menos ricas sin su presencia.

Solo espero que algún día, cuando yo ya no esté, la gente que me aprecia haya aprendido que, en este camino de la vida, el viaje no es lo más importante, sino la compañía a través de este...

El Día de los Enamorados

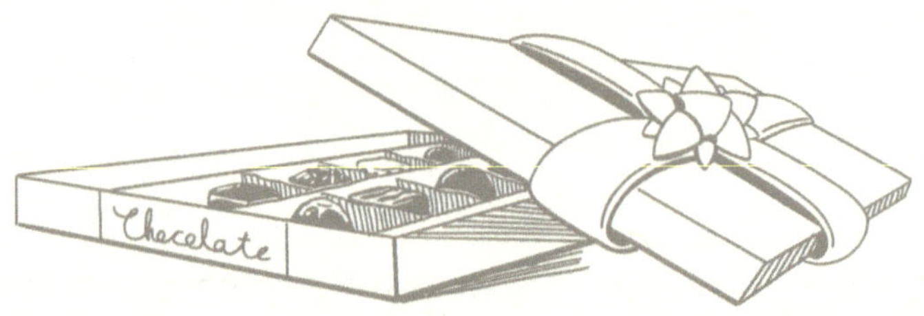

MARIANA ABRIÓ SUS OJOS cuando el aroma de café comenzó a inundar la habitación, mientras que en la cocina Amalio su esposo por 48 años de matrimonio preparaba el desayuno para los dos. Decidió quedarse acostada un ratito más para escuchar el cuchucheo de las gallinas en la mañana cuando buscaban algo que comer en el batey.[1] Si darse cuenta comenzó a dar un viaje al pasado cuando a aquella hora ya estaba de pie ajorando, amonestando y hasta amenazando a sus hijos para que se levantasen rápido para irse a la escuela, pero ya eso era parte de un pasado que se encontraba añorando en algunas ocasiones.

—Ya el desayuno está, vente pa' ca' a comer. —escuchó la voz de su esposo decir.

—Ya voy.

— Avanza que se enfría el café.

—¡Voy chico! Cógelo con calma.

Eventualmente se levantó de la cama y se fue directamente al baño a lavarse la boca mientras refunfuñaba por las insistencias de Amalio de que se levantase temprano. Era así desde que éste se había retirado de su empleo

1. Batey: palabra taina para "patio".

unos 13 años antes ante el peso de las enfermedades y el implacable paso del tiempo. Algunas veces para ella se volvía un poco irritante las insistencias de él de continuar pretendiendo que se tenía que levantar temprano cuando ya no había trabajos que hacer ni hijos que mantener.

Todos sus hijos y sus respectivas familias habían emigrado a los Estados Unidos en busca de las oportunidades que la Isla ya no podía ofrecer. Aquello tuvo el efecto de dejarlos solos, a ella y a Amalio. Ya no había niños que cuidar, como lo hacían con sus nietos. Ya no había fiestas de cumpleaños ni visitas médicas que atender, salvo las de ellos mismos. Estaban solos, como aquel primer día en que comenzaron a convivir: él ya era un hombre, y ella, prácticamente una niña. La casita, que en el pasado se les hacía tan pequeña, ahora se les convertía en un limbo de espacios vacíos, marcado por la ausencia de sus hijos y, sobre todo, de sus nietos.

Al salir del baño Mariana encontró que Amalio le había preparado un desayuno completo algo que no sucedía a menudo, solo en ocasiones especiales. Se sorprendió por el detalle, pero no preguntó cuál era la ocasión. Se sentó en la pequeña mesa frente a él y sin decir nada lo miró de arriba abajo. Amalio ya estaba viejo, mucho más que ella. El peso de los años ya se reflejaba en su rostro cansado. Aun así, continuaba levantándose temprano y manteniéndose ocupado, pues esa había sido su realidad desde que apenas contaba con 5 años edad en la que ya trabajaba en un cañaveral ayudando a su papá para proveerle lo básico a sus hermanos menores.

Mariana sintió un poco de agradecimiento en su corazón, pues, aunque Amalio y ella estaban separados por 14 años, en su mente él siempre había estado cerca cuando ella más lo necesito. De repente una memoria de su pasado de madre sin experiencia le regresó a la mente y comenzó a llorar mientras desayunaba. Amalio no dijo nada, solo se levantó y le puso la mano en el hombro como su señal de apoyo. Para él era muy difícil ver como ella se debatía con su mente en aquellos momentos depresivos que habían llegado a su vida después de tantas frustraciones en su vida.

—¿Qué te pasa?

—No sé, pero es que me siento sola.

—Mujer yo estoy aquí contigo, no estás sola.

—Es que extraño a los muchachos y a veces no sé qué hacer. Eso me da ganas de llorar.

—Yo también los extraño, pero sé que están bien y eso es lo que importa.

—Pero no están aquí. No los podemos visitar cuando no da la gana.

—Yo lo sé, pero al menos no están jodios to' el tiempo como estaban antes de irse.

—Yo lo sé, pero...

—Chica hay que ser agradecíos de que no pasan necesidades como lo hicimos nosotros.

—Me hacen falta comoquiera.

—Yo lo sé, ¿Por qué no los llamas?

—Todos están trabajando a esta hora.

—Espera más tarde y los llamas.

—Es que me siento triste.

—Tomate la medicina para que se te quite eso.

La conversación continuó mientras Amalio se perdía en un mundo de preocupación por no poder ayudar a su esposa a superar las frustraciones que llevaba cargando por toda una vida. En su mente, él no estaba preparado para enfrentar las condiciones emocionales de su mujer, pues a él le habían enseñado a hundir sus sufrimientos, enterrarlos profundamente y nunca discutirlos como cada hombre debía de hacer en aquel mundo machista donde se había criado. En aquel momento solo podía recordarle a Mariana que los medicamentos la ayudaban a mitigar sus dolores o horrores emocionales.

Luego de unos minutos de sollozos y lágrimas, Mariana decidió tomarse sus medicamentos como se lo sugirió Amalio. Se fue a bañar y mientras se duchaba dejaba escapar las lágrimas que le quedaban antes de que las drogas mermaran sus pensamientos de aquella mañana. Mientras tanto en el batey Amalio se había dado a la tarea de tender una ropa que se había quedado en la lavadora la noche anterior cuando comenzó a llover repentinamente.

Mientras colgaba las camisas y los pantalones, hacía un inventario de lo que tenía que hacer aquel 14 de febrero de 2019. Era otro día de San Valentín de los que tanto olvidó en el pasado cuando se encontraba ocupado tratando de proveer para su familia. Pero, desde el momento en que se retiró de su empleo en el municipio, no había vuelto a olvidar un solo Día de los Enamorados. Para él, esa fecha se había convertido en una oportunidad de expresar lo que sentía sin necesidad de palabras. Después de todo, tras 48 años de matrimonio, había llegado a creer que las palabras eran prescindibles; lo que realmente contaba eran las acciones.

En la casa Mariana se sentó en la sala a mirar un video del Show de Raymond y sus Amigos. Esa era una de las cosas que los dos compartían desde hacía un tiempo. Y cuando Amalio entró a la casa la encontró riéndose de lo que miraba. Se sentó al lado de ella para mirar el programa y por un momento los dos lograron llenar el vacío de sus vidas con las tandas de comedia que observaban. En un momento Amalio se puso de pie y entró a la habitación a buscar algo. Mariana lo llamó y este le respondió que iba a bañarse para salir de la casa.

Amalio cargaba una cajita de chocolates. Mariana lo miró sorprendida antes de que él dijera sin el tono enfático que se esperaba de aquellos momentos:

—¡Feliz día de los enamorados!

—¿Eso es hoy? Chico a mí se me olvidó comprarte algo.

—No te ocupes de eso que a mí no me hace falta na'.

—Comoquiera tengo que darte algo.

—A mí no me hace falta na'.

—¿Qué vamos a hacer hoy?

—Vamos a andar pa' Rio Piedras para que te compres algo que te gusta.

—Y te compro algo de vez.

—Pué vámonos que tú sabes lo que se tarda la bendita guagua pública.

Salieron de su casa como a las 12 P.m. rumbo a la barriada de Rio Piedras que contaba con un centro de comercio donde se podía comprar de todo un poco. Y aunque este lugar había pasado de sus mejores tiempos todavía contaba para ellos como un lugar de visitar para hacer sus compras, algo que habían hecho durante todos sus años de matrimonio.

Llegaron al lugar y Mariana fue a una tienda de prendas de fantasía para comprar unos aretes y unas pulseras que había visto la última vez que estuvo allí. Mientras tanto Amalio se quedó en la puerta del establecimiento, pues como hombre al fin, no le gustaban las tiendas. Su presencia allí era solo para pagar por los productos que su mujer escogiera. Mirandola desde la puerta se dio cuenta de que ella también se había puesto vieja a su lado. Y aunque en muchas ocasiones sostuvieron arduas discusiones por razones de celos, malentendidos y tribulaciones económicas, ya todo eso estaba en el pasado. Los años habían doblegado todos aquellos momentos y ahora eran lo único que les quedaba a los dos.

Terminada la compra de prendas, Mariana salió a comprarse unos zapatos nuevos y otra vez su esposo estaba en la puerta del establecimiento para pagar por lo que ella escogiera. Era así desde que su último nieto se fue de la casa con su papá. Ya no había razones para privarse de los lujos que su corazón de mujer deseaba. Desde donde estaba parada miró a Amalio y sintió que aquel día era como una reafirmación de su compromiso casi medio siglo atrás. Parada allí, trató de recordar la vida antes de conocerlo y se le hizo un poco difícil encontrar la felicidad antes de que él entrara en su vida. Eventualmente, le devolvió su atención a los zapatos y una memoria esporádica entró a su mente.

—Estate quieta niña pa' ver si te sirven estas chancletas. —le decía a su nieta Sara.

—Abuela es que no me gustan. —se quejaba la niña de algunos 10 años.

—Bueno mija eso es lo único que podemos pagar tu abuelo y yo.

—Pero es que están feas.

—Mas feo es andar descalza por la calle. ¿Quieres andar descalza por la calle?

—Seguro que no.

—Pues entonces sea agradecida de que tienes unos abuelos que le pueden comprar unas chancletas, aunque no sean muy lindas.

—¡Ay bendito abuela!

—¡Ay bendito nada! Ahora estese quieta pa' ver si le sirven.

Nuevamente las memorias la habían traicionado y la habían puesto frente a los ojos inocentes de su primera nieta. La primera niña de la familia a la cual buscó a través de cuatro embarazos sin ningún éxito. La niña había pasado a convivir con ella y con su esposo cuando su madre salió huyéndole al fracaso de su matrimonio con su papá, el hijo mayor de Mariana. Desde aquel momento todas las atenciones de ella fueron para su nieta quien pasó a ser el centro de su vida. Y aunque tenía un nieto mayor, el mero hecho de que Sara era su primera nieta, le proporcionaba momentos de amor y orgullo, además de la oportunidad de tratar de moldear el carácter de la niña de una manera amorosa, algo que ella no tuvo en su niñez.

De pronto una de las empleadas del lugar le preguntó si necesitaba ayuda y esto la regresó al presente. Ya con los zapatos que quería en las manos, decidió llamar a Amalio para que pagara por los mismos. Éste entró al establecimiento y pagó por al artículo antes de sugerirle que fuesen a un cafetín del lugar para comerse algo.

Al llegar al lugar ordenaron lo de costumbre, una tostada de queso para él y un sándwich para ella. Además de un café y un jugo de parcha. Sentados en la mesa, la conversación se volvió un reguero de palabras que solo servían para rellenar el vacío de sus soledades en aquel momento de sus vidas. Hablaron de las últimas conversaciones con sus hijos. El último en llamarlos fue Antonio, dos días atrás para preguntarles como estaban y cuáles eran los planes de la semana.

Pensando en aquellos planes, Mariana volvió a recordar sus inicios en la vida matrimonial y todos los regalos, las flores y expresiones de amor nuevo que había recibido de Amalio. También las múltiples discusiones y gritos a causa de sus celos incesantes y también de la inexperiencia de ella que la hacía reaccionar de una manera emocional que se tornaba en violenta. En más de una ocasión rompió algo que necesitó eventualmente, causando daños que habría que reparar de alguna manera u otra. En una ocasión lanzó el sistema de estéreo monte abajo y en otra la plancha terminó en más de una pieza. Pero ya aquellos momentos de problemas matrimoniales estaban en el pasado. El tiempo había domado sus espíritus y sus inquietudes de tal manera, que ya no se acostumbraban a vivir el uno sin el otro.

Amalio por su parte lleno de la sabiduría que trae la vejez, miraba a su mujer y los paquetes de regalos que se había comprado en aquel día y sintió la satisfacción de verla distraída y relajada momentáneamente. En su mente se hacía preguntas acerca del estado emocional de la mujer que desde sus 32 años había luchado con el diagnóstico de Lupus y a los 55 años con la enfermedad del cáncer. Sin lugar a duda ella era mucho más fuerte de lo que ella misma entendía. Y lo único que él deseaba en aquellos momentos era que su mujer recuperara la alegría que la definía antes de aquella última batalla y las subsecuentes visitas a un psiquiatra para que la ayudara a escaparse de los laberintos de su propia mente.

Evaluando todo aquello se le pasó el tiempo y ya eran como las 3 P.m. por lo que había que apresurarse al centro de trasportación publica para abordar la guagua con destino al Barrio La Gloria de Trujillo Alto. Sentados en el calor sofocante dentro del vehículo público se mantuvieron callados. Amalio se encontraba un poco fatigado, pues a sus 76 años aquellos viajes al calor que se experimenta en la jungla de cemento que es Rio Piedras pasa factura a personas de su edad. Mariana por su parte, también se sentía un poco sofocada, pues a sus 61 años, el calor era igual de abrumador.

Llegaron a la casa a las 4 P.m. y Amalio preparó café como era la costumbre de un hombre tan cafetero. Mientras hervía el agua para pasarlo por su colador de media, el teléfono celular de Mariana sonó y al contestarlo escuchó la voz de Vicky, la prima de Amalio y vecina de los dos:

—¿Van a venir pa' ca' más tarde?

—¿Qué van a hacer ustedes hoy?

—Bueno yo cocine ya así que no cocines y vengasen pa' ca a comer. Después escuchamos música y nos echamos una manitos de domino.

—Déjame ver si Amalio quiere ir.

—Pregúntale y llámame pa' tras.

—Yo te llamo.

Amalio le preguntó quién era, y ella le informó de los planes de Vicky. Según ésta la prima estaba celebrando su aniversario número 20, pues se había casado con su esposo Miguel un día de San Valentín y estaba invitándolos a una doble celebración para los dos. Mariana pensó en la última vez que celebró un aniversario con una fiesta en el año 2011. En aquella ocasión compartió con sus hijos Manuel y Antonio. Aquella noche de celebración de sus 40 años de casada duró varias horas en compañía de sus familiares y más abnegados amigos. Desde aquella memoria le llegó la tristeza de recordar que solo unos días después fue diagnosticada con cáncer del seno. Y aunque ahora estaba en remisión todavía una cosquillita de preocupación invadía su ser.

Despues de una corta conversación acerca de los planes de la noche decidieron descansar unos minutos antes de irse a la visita. Amalio no era un hombre de escuchar música y/o ver mucha televisión, pero jugar domino era una de las actividades que más disfrutaba en su vida de eternas pobrezas. Quizás era por la simplicidad del juego o a lo mejor era por la accesibilidad de este, pues en su juventud una de las diversiones más baratas con las que contaba el jíbaro puertorriqueño era una cajita de domino.

Luego del descanso salieron de su casa como a las 6:30 P.m. y caminaron los 3 minutos necesarios para llegar a la casa de Vicky y su esposo Miguel. Los dos rumberos de corazón y retirados de sus respectivos trabajos disfrutaban de sus retiros alternando sus viviendas en Puerto Rico y Los Estados Unidos. Y por mucho tiempo ya eran las amistades con las que Mariana y Amalio aliviaban sus momentos de soledad compartida, pues cada vez que éstos se encontraban en su residencia en La Isla, se aseguraban de invitar a los dos a disfrutar de varias actividades como ir de rumba a lugares musicales y/o a pasear por alrededor de Puerto Rico. De una manera estos dos seres se habían convertido en un refugio para la pareja huérfana de hijos y nietos.

Al llegar a la casa y saludarse afectivamente, Mariana comenzó a hablar con Vicky acerca de cómo había comenzado aquel día de San Valentín. Desde allí llegaron a hablar de sus diferentes experiencias en aquel día de la celebración del amor, y se mofaron de sus respectivas expectativas de aquel día en los tiempos de juventud. Antes aquel día era un juego de afecciones efímeras y momentos de encuentros sexuales que, por razones de novedad y juventud, era en lo que de seguro las parejas jóvenes del momento estaban pensando. Pero, para ellas, aquellos tiempos ya eran memorias de otras vidas. Tiempos que habían pasado en sus caminos a la madurez donde encontraron que muchas veces lo que les fue esencial y necesario en sus épocas juveniles, era ahora algo que no cargaba con el mismo significado emocional y/o físico.

—¿De verdad que ya llevas 20 años con Miguel?

—Sí ya me faltan 5 pa' una peseta.

—Chacha ya Amalio y yo vamos pa' el medio peso.

—Como se pasa el tiempo.

—Te acuerdas de cuando estábamos jóvenes como eran los días de los enamorados.

—Seguro chica, eran días de pasión.

—Y ahora, nada de nada.

—Bueno es que así es la vida.

—Ya yo ni me preocupo de que no me toquen como antes. —decía Mariana mofándose de sí misma.

—A mí tampoco. Yo prefiero que me saquen a comer a que me saquen el sostén. —contestaba Vicky.

—A la verdad que cuando una se pone vieja las cosas que piensa.

—Es que en la vida hay un tiempo para todo.

—Aunque que la toquen a una de vez en cuando no está mal.

—¿Quién te dijo que a mí no me tocan?

—Bueno para mí eso ya es una vez cada 15,000 años.

—¿De verdad?

—Sí.

—Bueno es que Amalio está mucho más viejo que Miguel.

—Yo ya ni me preocupo por eso.

—La verdad es que el primo te salió bueno.

—De eso no me quejo, pues, aunque ya esté viejo, todavía está siempre conmigo.

—¡Gracias a Dios!

—¿Quieres ir a cantar canciones de Ana Gabriel o de José José?

—Vamos a berrear como dos locas.

—Primero vamos a comer que se nos enfría la comida y tú sabes que eso de calentar cosas en el microondas no es lo mío.

Luego de terminar de comer y hablar de temas esporádicos, las dos mujeres se fueron frente al estéreo a imitar a sus cantantes favoritos, mientras que los dos hombres se pararon en el balcón a conversar acerca de deportes y política.

—A la verdad que ese comemierda de Ricky está cagándolo todo. —decía Miguel.

—Ese lo que es un engreído hijo de mami y papi que no sabe ni limpiarse el culo. —respondió Amalio.

—Compadre yo no puedo creer que la gente en esta isla votó por ese zángano.

—Eso fue que se robaron las elecciones como siempre.

—No muchacho eso es que la gente de aquí siempre está escogiendo lo mismo.

—Son unos pillos tos'.

—No se puede sacar a uno solo.

—¿Qué se va a hacer?

—Al menos no tuvieron la oportunidad de votar por presidente. Sino estoy seguro de que votarían por el payaso que tenemos ahora.

—Ese tipo es un mamaú[2].

—Dito mijo tú lo dices y no lo sabes.

---

2. Mamaú: expresión puertorriqueña para decir pendejo.

Durante la conversación los dos se distrajeron hablando de diferentes cosas, alternando entre la política, los deportes y la música. Y aunque Amalio no era gente de estar haciendo ruidos, se había acostumbrado a las diferentes actividades que compartía con Miguel, especialmente los viajes a locales adonde diferentes músicos trataban sus suertes buscando un momento de fama. Eventualmente llegaron a un momento de silencios en los que los dos solo miraban las montañas que estaban directamente frente a ellos. Callados por un largo rato, disfrutaban de aquel espectáculo natural que Amalio nunca quiso abandonar y que Miguel regresaba buscando cada año.

Mientras el silencio hablaba entre ellos dos, Mariana y Vicky imitaban a la cantante mejicana Ana Gabriel y su éxito "Simplemente Amigos", que para Mariana se había vuelto el símbolo de su identificación de su relación con su esposo. Mientras las dos se divertían de aquella manera Mariana hacia un recorrido de toda su vida en compañía de Amalio y aunque su relación había evolucionado de tal manera, aun así, lo amaba, aunque ya en aquel entonces no era un amor pasional. Mirándolo desde donde estaba parada, lo vio un poco viejo y cansado, y pensó en todas las luchas que aquel hombre había dado en su vida; muchas de ellas para complacerla a ella. Pensamientos como ese la llevaron a imaginarse un mundo sin aquel ser humano en su vida y esto le envió un frio de premonición a su mente, que trató de descartar de manera rápida.

Un poco más tarde se sentaron a comerse los alimentos que Vicky había preparado en celebración de su aniversario. Arroz con habichuelas rojas, unas chuletas fritas y de ensalada, aguacate y tomates frescos. Todo estuvo al gusto de ambas parejas, pues después de todo Vicky había heredado su buena mano para de la cocina de la tía de Amalio, conocida en el barrio como Tía Rosa. Durante la cena hablaron de cosas sin importancia y noticias pasajeras como solía pasar en momentos como aquellos.

Al rato se encontraron en un duelo de parejas en la mesa de domino. Allí no eran ya familia ni amigos, solo contrincantes de lucha. El juego era a 500 puntos, la primera pareja que acumulara la puntuación necesaria se coronaría ganadora de los derechos de alardearse sin sentidos como si se hubiesen ganado un millón de dólares. Al concluir la primera ronda, los anfitriones del hogar se alzaron con la primera victoria. Después llegaron los visitantes a arrebatarle el título invisible de campeones de mesa.

Así se pasaron varias horas entre burlas y sarcasmos acerca de quién era más adepto a adivinar las fichas de su contrincante. En el barrio sonaba la música del momento de la voz del cantante Daddy Yankee, aunque para los cuatro, aquellos ritmos ya no tenían sentido se entretenían criticando la manera de pensar y expresarse de la juventud en aquel momento.

Miguel decidió ponerle sus propios ritmos a la noche. Se levanto y busco entre sus álbumes de vinilo un disco de Tommy Olivencia y su primerísima y lo puso a tocar. Antes de volverse a sentar para la revancha, sacó un disco de Ismael Rivera y lo colocó al lado del tocadiscos, para poder estar listo a reemplazar el que sonaba en aquel instante.

Poco a poco la luz del sol comenzó a disminuir y en el alba se comenzaba a divisar la obscuridad de la noche. El tiempo estaba sereno y las brisas regaban un poco de la frescura de la naturaleza del barrio por toda la región. Al llegar la noche, los cuatro comenzaron otro dialogo acerca del futuro y las oportunidades que podía traer a sus vidas. Vicky y su esposo soñaban con un futuro lleno de salud y buena fortuna. Mariana estaba esperanzada en darse un viaje a visitar a sus hijos, sus hermanos y su mamá en el extranjero.

Todos tenían sueños por cumplir y razones para seguir viviendo. Y que mejor día que en que panificar todo esto que en el día que celebraban sus amores y amistades que los ataban a través de los muchos años de relaciones íntimas de familiares y amigos.

—Yo lo que quiero es tener mi casita arreglada antes de irme. —decía Mariana.

—Y yo que mis hijas tengan un poco más de tiempo para que me visiten. —comentaba Vicky.

—Creo que nosotros vamos a ver a los muchachos en el verano.

—¿Y te vas a quedar mucho tiempo?

—No realmente a este no le gusta estar allá afuera. —dijo Mariana mirando a su esposo.

—Es que allá no hay na' que hacer. —se quejó Amalio.

—Bueno yo siempre encuentro que hacer. —comento Miguel.

—La verdad es que yo no me acostumbro a estar encerrado como un animal. —respondió Amalio.

—Pero allá es que viven los muchachos y hay que irlos a ver.

—Esa es la única razón por la que voy en el verano. Sino fuera por eso me quedo en casa.

—Bueno esos son los sacrificios que tenemos que hacer por nuestros hijos. —comentó Vicky.

La conversación tomó rumbos inciertos en los que los temas seguían variando según los comentarios que salían de las bocas de sus participantes. La comunión de aquellas personas era admirable, pues en medio de sus vidas de padres de nidos vacíos, encontraban entre si las buenas razones para seguir viviendo sus vidas de la manera digna a la que estaban acostumbrados.

Y así, el reloj marcó las doce de la medianoche y el momento de despedirse para descansar de aquel día que marcaba los 20 años del amor de una de las parejas y la sobrevivencia del amor de los otros a través de 48 años de una vida compartida. Amalio se puso de pie y le dio la mano a Miguel por una última vez. Mariana abrazó a Vicky en manera de agradecimiento, para luego hacer lo mismo con Miguel. Y justo antes de comenzar a caminar a su casa, Amalio se dio la media vuelta e hizo algo que no era habitual de él, caminó hasta su prima y le dio un abrazo antes de decirle:

—Sabes que te amo mucho.

—Yo te amo más. —dijo Vicky sorprendida por la muestra de cariño que su primo nunca le había demostrado.

Acto seguido, tomó a Mariana de la mano y descendieron juntos hacia su hogar mientras Vicky y Miguel los observaban desde el balcón de su casa preguntándose como sería la vida para ellos cuando llegaran al mismo hito de su relación amorosa. Ya con sus visitantes fuera de su vista, cerraron la puerta y se acostaron a dormir.

Mariana y Amalio llegaron nuevamente a su nido de amor vacío, resignados a levantarse el próximo día listos para seguir viviendo. Hicieron todo lo que se hace antes de acostarse antes: se lavaron la boca, se cambiaron a sus pijamas y se acostaron uno al lado del otro como lo habían hecho por la mayor parte de casi medio siglo de vida.

Unos cinco minutos más tarde, justo cuando el reloj apuntó la media noche, Mariana escuchó algo en Amalio que no había escuchado nunca, un quejido:

—¡Ahhh!

Sorprendida por aquel sonido le preguntó: ¿Qué te pasa?, pero no recibió respuesta. Entonces lo movió para instigarlo a levantarse y éste no respondió. Conmocionada encendió la luz y miró en dirección a su esposo y fue cuando lo vio. Amalio había dejado de respirar. Su cuerpo inerte en la cama lucia en una total paz como el de una persona que se va sin dejar atrás cuentas pendientes.

Mariana al realizar lo que había sucedido comenzó a gritar desesperada y tan alto que Vicky y Miguel corrieron cuesta abajo en sus pijamas hasta llegar a la casa para encontrarla abrazando el cuerpo de su amado Amalio, gritando su desespero y su dolor. Vicky la sacó del cuarto y Miguel intentó encontrarle el pulso a su amigo y cuando no lo encontró dejo escapar unos pequeños gemidos de dolor al darse cuenta de que él había partido de este mundo.

Mientras tanto Mariana en la sala continuaba abrazada de Vicky buscando en su abrazo el consuelo de saber que se había quedado completamente sola. Uno por uno los vecinos y familiares comenzaron a llegar a la casa a acompañar a la mujer en sus sentimientos y en su nueva soledad a esas altas horas de la noche.

Y mientras esperaba por las autoridades para que completaran los pasos necesarios para llevarse el cuerpo de su esposo, Mariana recordó las lágrimas que había derramado en la mañana cuando su mente le había jugado una mala carta de hacerla sentirse sola cuando aún tenía con ella la única compañía que le fue constante en su vida, la compañía de Amalio. Irónicamente la muerte decidió definir sus vidas en aquel día de los enamorados cuando él se fue al descanso eterno, y con su partida, ella heredó una eterna soledad de la que no se habría de librar nunca.

“Más o menos así fue el último día en la vida de mi papá y la historia que lo unió a mi mamá por 48 años de sus vidas.”

El Olor de la Soledad

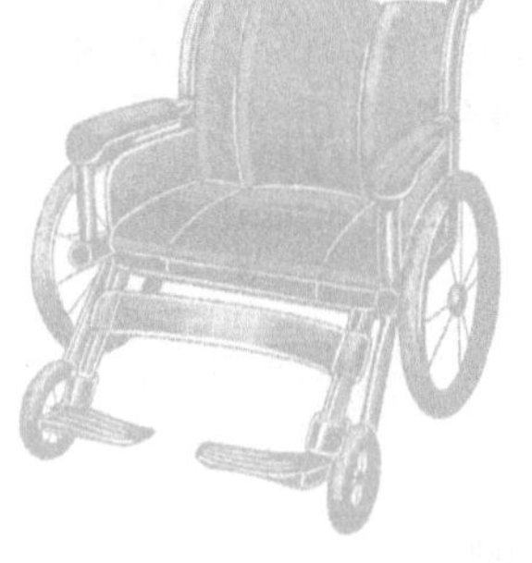

El lugar estaba físicamente limpio, pero emanaba un olor a decrepitud y decepción. Esa sensación que se percibe en casas abandonadas o en lugares donde no existe el amor colectivo. Era un sitio con un aroma a muerte, donde los habitantes se encontraban en estados de ánimo depresivos, pareciendo objetos descartados por sus antiguos dueños. La iluminación era opaca, como si intentara hacer eco de los lamentos de voces tristes que resonaban a su alrededor, clamando por algún rostro conocido que les proporcionara una razón para sentirse aún necesarios en el mundo de los vivos.

Aquel asilo para ancianos, uno de los miles que existían en los Estados Unidos, se convirtió en el destino final de Mariana tras sufrir un derrame cerebral que la dejó inmóvil de un lado. A pesar de las terapias físicas a las que se sometió, no obtuvo ningún resultado positivo, lo que alimentó en ella depresiones y miedos de los que no podía liberarse. Cada noche, se ponía a orarle a su Dios, pidiendo un milagro que la ayudara a sanar. Para colmo, aquel era el segundo lugar al que había llegado, buscando su camino de regreso a casa después de su operación de emergencia.

Acostada en su cama, apretaba una y otra vez el botón para llamar a la enfermera, pues se había ensuciado en el pañal y la incomodidad de los excrementos acumulados comenzaba a irritarle la piel. La falta de respuesta la desesperaba. Entonces buscaba su teléfono celular para llamar a su hijo Antonio, porque, al fin y al cabo, ella no hablaba inglés y expresar sus necesidades resultaba casi imposible en un lugar donde las voces hispanas eran escasas y poco frecuentes entre quienes trabajaban allí.

Llorando por la humillación de sentirse reducida a un ser sin valor, le suplicaba a su hijo que la sacara de aquel vertedero de almas necesitadas de cariño

—¡Ya no puedo más, ayúdame por favor!

—¿Qué pasa, mami? —respondió Antonio, preocupado por el tono de voz de su madre.

—Es que me cagué encima y llevo más de media hora llamando para que me cambien, y nadie me responde.

—Déjame llamar a la enfermera desde aquí.

—Está bien.

—Te llamo pa' atrás.

—Chico, es que estoy desesperá.

Antonio realizó la llamada al servicio de enfermeras, pero nadie le contestó. Volvió a marcar con el mismo resultado. Tras una tercera llamada fallida, sintió cómo se le hervía la sangre mientras comenzaba a vestirse apresuradamente para ir al lugar. Ya en el auto, el coraje le inundaba los estribos, y necesitó un momento para calmarse y no llegar insultando a todos los responsables del bienestar de su madre. Razonó que, si se presentaba con esa actitud, Mariana sería la víctima de las reacciones de los empleados.

Durante el viaje buscaba en su mente la manera de poner buena cara a aquellas personas a las que en secreto deseaba maldecir, mientras preparaba la mentira más piadosa que debía decirle a su mamá antes de que se notara que estaba a punto de perder la paciencia. Esa había sido la costumbre hasta entonces: mostrar un gesto complaciente a los empleados del asilo y engañar a su madre cada vez que ella se desesperaba ante su incapacidad de moverse.

Al llegar al lugar lo encontró como siempre: con menos empleados de los necesarios para ofrecer servicios básicos a los residentes. A simple vista parecía que estaban perdiendo el tiempo, como suele ocurrir en sitios donde los trabajadores no reciben una compensación justa por su labor. La indiferencia hacia las necesidades humanas de los enfermos le provocaba un asco implacable en el corazón, aunque no pudiera expresarlo abiertamente.

Luego de cumplir con lo requerido para obtener acceso a la habitación de Mariana, fue directamente al mostrador de recepción para expresar sus frustraciones ante la falta de respuestas. Los empleados se miraron entre sí con la indiferencia de quien aparenta no tener nada de qué preocuparse, mientras por la mente de Antonio corrían insultos que iban desde hijos de la gran puta hasta cabrones de mierda. Sin embargo, se contuvo, consciente de lo que su madre tendría que enfrentar si él perdía el control.

Acto seguido llegó a la habitación, donde encontró a su madre mirando el techo con las lágrimas deslizándose por el rostro, vencida bajo el peso de la humillación que experimentaba en esos momentos. Antonio respiró hondo, se colocó la mejor máscara de mentiroso misericordioso y saludó a su mamá, quien no respondió de inmediato.

—¿Cuándo me vas a sacar de aquí? —dijo Mariana, mirándolo con tristeza.

—Mami, estoy tratando lo más que puedo, pero estos infelices no tienen prisa.

—Estoy tan cansada. Mírame aquí, cagada como una niña chiquita, y esta gente ni se molesta en venir cuando aprieto el botón.

—Ya fui y les hablé. La enfermera viene ya.

—Casi una hora tocando el maldito botón y na'.

—Ellos dicen que no lo vieron.

—Y tampoco me oyeron gritando.

—Parece que los hijos de puta son sordos.

—Ay, por favor, niño, sácame de aquí.

—Estoy buscando otro lugar, mami, pero a los que he ido yo no pondría ni a un perro moribundo.

Al decir esto, la imagen del último "asilo" que él y su esposa habían visitado para inspeccionarlo regresó a su mente: personas negras desplomadas en sus sillas de ruedas en los pasillos, un olor penetrante a orines en el aire y unos pisos de alfombra que parecían no haber sido lavados en siglos. Aquella visión lo invitó a reflexionar sobre el lugar donde su madre estaba recluida.

—Estoy harta de estar así. No sé qué hice para merecerme esto.

—Mami, tú no hiciste nada, eso son cosas que pasan.

—Es que ya quiero irme pa' casa.

—Yo también quiero que te den de alta, pero debemos tener un poco de paciencia, que estas cosas toman tiempo.

—Eso lo dices tú porque no eres el que está aquí con una plasta de mierda en el culo esperando que a estos desgraciados les dé la gana de cambiarte.

—Yo lo sé, mami, pero si me desespero y los insulto después te tratan peor.

—Tengo unas ganas de maldecirles la madre.

—Yo también, pero te aconsejo que no lo hagas porque después te van a ignorar más y se lo van a achacar a que tú no hablas inglés.

—Contra, es que esto molesta.

—Me lo imagino, pero dame un poco más de tiempo para buscar otro lugar.

—Ay, niño, yo no quiero estar aquí.

—Nadie quisiera estar así, pero vamos a ser un poco más positivos.

—Quiero que me bañen, llevo unos días sin bañarme como si yo fuera una puerca.

—Yo les digo.

Antonio salió de la habitación, respiró profundo y fue a hablar con el recepcionista para planificar el aseo de Mariana. El recepcionista explicó que esas cosas había que organizarlas con tiempo, pues era necesario considerar la cantidad de empleados disponibles en días específicos y otros factores. Antonio ofreció volver al día siguiente y bañar él mismo a su mamá, de esta manera quitándole la responsabilidad a los empleados del lugar. El recepcionista aceptó la propuesta y Antonio regresó a la habitación, donde le dijo a su madre en tono humoroso:

—Mañana vengo con mi esposa y te quitamos la costra.

—¿Me van a bañar ustedes? —preguntó Mariana, sorprendida.

—Si quieres darte un baño, mañana sí.

—Entonces tráeme un champú y acondicionador de tu casa pa' que me laven el pelo.

—También voy a traer un destapador de inodoro, porque con tanta costra[1] vas a tapar la regadera.

---

1. Costra: Sucio

—Vete pa' la mierda.

—Bueno, mami, ahora me voy que son las 12:50 a.m. y mañana tengo que trabajar.

—Está bien, niño, ¡gracias!

—No me lo tienes que agradecer. Lo único que espero es no tener que pagarle a un plomero pa' destapar las tuberías.

—Vete a descansar y déjate de estar molestándome. —dijo Mariana sonriendo por primera vez aquella noche.

—Vengo mañana después del trabajo.

—¡Que Dios te bendiga!

Antonio salió de la habitación pensando en la impotencia que personas de niveles económicos como el suyo sentían al tener que dejar a sus seres queridos a la intemperie del "sistema de salud" del país, donde los pobres eran tratados como objetos sin ningún valor y descartados como los papelitos de envoltura de cualquier dulce ya consumido.

Al llegar a su casa, molesto con la situación, se sentó en la sala con los dedos cruzados, mirando la pared como un preso condenado al silencio. Su esposa lo vio, se sentó a su lado y le habló:

—¿Qué pasó?

—Los hijos de puta estaban perdiendo el tiempo como siempre, y mami allí llorando como una niña chiquita.

—Esos infelices no trabajan.

—Están tan acostumbrados a los otros viejos que están abandonados, que no les importa el sufrimiento ajeno.

—Hay que avanzar y sacarla de ahí.

—Yo lo sé, pero ya tú ves lo que se tardan la gente de servicios sociales.

—Esos son otros que no trabajan.

—Si algún día a mí me pasa lo que le pasó a mami, llévenme a un monte y ahórquenme.

—Déjate de estar diciendo estupideces.

—No son estupideces, pa' vivir de esa manera es mejor estar muerto.

—No digas cosas así.

—Es que así es que me siento.

La frustración de Antonio crecía día tras día ante la impotencia de no poder ofrecerle a Mariana un escape de aquel lugar que él consideraba apenas una antesala de la muerte. No estaba a gusto con lo que percibía allí y, culturalmente, eso no era algo que puertorriqueños como él estaban preparados para aceptar. Sentía como si estuviera abandonando a su madre, del mismo modo en que una madre abandona a un recién nacido en las puertas de un orfanato.

Al día siguiente, tal como lo habían acordado, llegó al asilo y realizó los trámites necesarios para trasladar a Mariana a las duchas del lugar y darle el baño que ella llevaba días esperando. Durante el aseo, Antonio hizo comentarios sobre los olores y otras pequeñas cosas, buscando arrancarle una sonrisa. Quería que su madre riera, aunque fuera un poco, en medio de la depresión que comenzaba a apagarle la sonrisa y a oscurecerle el alma.

—Se me olvidaron los palillos —le decía a su madre.

—¿Qué palillos?

—Los palillos pa' taparme la nariz y no oler ese tufo[2] que tienes.

—¡Vete pa' la porra! [3]

—Mija, por poco caigo al piso mareado.

—Ten cuidáo, que te voy a dar un cocotazo.[4]

De esta manera, Antonio lograba distraer a su madre, alejándola, aunque fuera por unos instantes de la sensación de inutilidad y descarte que la atormentaba. Al terminar el baño, él y su esposa la secaron con cuidado y le aplicaron crema humectante por todo el cuerpo. Mariana mostraba una sonrisa amplia mientras comentaba que se sentía aliviada de no estar tan sucia, algo que —según ella— nunca ocurría cuando estaba saludable.

---

2. tufo: Peste o mal olor

3. ¡Vete pa' la porra! (Expresión rural puertorriqueña utilizada para decir "vete al carajo" de una manera menos brusca).

4. Cocotazo: dar un golpe leve en la cabeza con los nudillos

Aun así, para Antonio y su esposa el deterioro físico se hacía cada vez más evidente: las llagas y cicatrices en la espalda revelaban el daño constante del picor que Mariana decía experimentar a diario. Se rascaba hasta hacerse sangre, pero el alivio apenas duraba unos segundos antes de que la molestia regresara con la misma intensidad. Antonio trataba de no decir nada, pues en su corazón la certeza de que el cáncer se estaba extendiendo por el cuerpo de su madre era innegable. Sin embargo, la debilidad que llegó con el derrame cerebral hacía que la quimioterapia se convirtiera en un riesgo más inmediato que la propia enfermedad que la consumía.

Pasaron unos días en los que Antonio dividía su tiempo libre entre cuidar de Mariana y buscarle un nuevo albergue que pudiera acomodar su delicado estado de salud. Mientras los días transcurrían, la salud de su madre nunca parecía mejorar, y los estragos de su debilidad física y emocional se notaban en su cuerpo y en su voz.

Así llegó un día en que, mientras Antonio trabajaba, recibió la primera llamada para informarle que Mariana se encontraba rumbo al hospital para un chequeo por fiebre o una erupción en la piel, aunque el empleado del asilo le aseguraba que todo era solo una precaución.

Ya en la tarde, al salir del trabajo, Antonio regresó a su hogar luego de comunicarse con Mariana para asegurarse de que se encontraba bien dentro de su condición:

—Cuando salga de aquí voy directo pa' allá.

—No, niño, mejor vete a tu casa, cocina y me traes algo de mascar.

—¿Qué quieres que te lleve?

—Lo que tú cocines, porque esta comida de hospital no sabe a na'.

—Entonces te llevo lo que sea.

—Sí, cualquier cosa que me traigas es mejor que la porquería que sirven aquí.

—Está bien, entonces te llevo la comida cuando salga.

—Te veo aquí.

Luego de unos días de tratamiento, Mariana regresó al asilo, aún desesperada por volver al hogar que compartía con su hermana Milagros desde la muerte de su esposo Amalio. Pasó un tiempo y, nuevamente, se encontró en una ambulancia rumbo al hospital; esta vez, según explicó el doctor, por una infección urinaria originada en la falta de atención del asilo, donde la dejaban con los pañales sucios durante demasiado tiempo.

Antonio se comunicó con la trabajadora social del lugar para expresar su insatisfacción ante tal descuido. Ella le aseguró que no tenía conocimiento de que Mariana permaneciera sin cambiar por tanto tiempo, mientras al mismo tiempo le exigía firmar todos los documentos necesarios para poder cobrar los servicios que supuestamente proveían a su madre. Esa parecía ser la única prioridad en aquel lugar: garantizar el cobro por servicios no brindados.

Aun así, Antonio no tenía opciones y continuaba haciendo llamadas al departamento de servicios sociales, buscando la manera de regresar a Mariana a su hogar con los cuidados requeridos por su enfermedad.

Por la noche, Mariana, acostada en su cama y mirando el techo, reflexionaba sobre los acontecimientos de su vida en los últimos cinco años. Había perdido a su compañero de casi medio siglo y se quedó sola. Se mudó a los Estados Unidos para no sentir el peso de la soledad. Intentó encontrar el amor nuevamente, pero solo halló decepciones y algún que otro pretendiente de carácter vacío.

Para colmo, fue uno de los millones de víctimas del COVID-19, enfermedad que la mantuvo recluida en un hospital durante veintitrés días del año 2020. Y, como si la vida no hubiera sido ya implacable, una mañana despertó con un tumor en el centro de su pecho, que más tarde sería diagnosticado como cáncer en etapa cuatro.

Esa noche, mientras fijaba la mirada en la pared, sentía cómo poco a poco se hundía en el peso de sus recuerdos y su dolor. La depresión la arropaba con un sentimiento de inutilidad que se le colaba por los poros.

—Ya estoy que no sirvo pa' na.

Con ese pensamiento en el centro de su mente logró conciliar el sueño, pero no antes de que esa idea se cementara en su interior, haciéndola sentir insignificante en el mundo de los vivos.

Al día siguiente Antonio recibió una llamada de uno de los asilos a los que había aplicado y necesitaba ir de inmediato a ver los acomodamientos que su madre recibiría al trasladarla allí. Como estaba trabajando, tuvo que llamar a su hermano y pedirle que fuese en su lugar. Luego de ver el lugar a través de una videollamada, decidió mover a Mariana a ese sitio.

Aunque el lugar lucía en mejores condiciones físicas que el anterior, el olor a soledad todavía persistía. Un sinnúmero de ancianos anglosajones deambulaba por los pasillos con sus miradas perdidas en pensamientos aleatorios. Otros, en sus cuartos, gritaban a causa de la demencia y otras condiciones mentales. Y aunque las personas que trabajaban exhibían rostros atentos y cuidadosos, eran, al igual que los anteriores, empleados ejerciendo un trabajo con salarios que no compensaban sus esfuerzos.

Luego de completar los formularios necesarios para transferir a Mariana al nuevo asilo, estuvo ocupado durante varios días en una persecución de documentos que el gobierno requería para poder garantizarle a su mamá la dignidad de morir en su casa, como un ser humano y no como un número de seguro social sin valor. Durante esta odisea, los representantes de los servicios sociales se mostraron recios y carentes de comprensión. Lo único que parecía importar era la situación económica de la mujer y si tenía alguna posesión que ellos pudieran retener después de su muerte.

Así continúa siendo la vida del pobre trabajador: el gobierno lo exprime como una naranja durante toda su juventud y, aun en su vejez, pretende sacarle el poco jugo que le queda en las venas.

Y con cada llamada que tenía que hacer, la desesperación en su voz se hacía evidente, pues con cada falta de decencia de los empleados del gobierno y la dejadez de los trabajadores del asilo, la paciencia se le iba agotando lentamente. Eventualmente encontró a una persona especializada en obtener este tipo de beneficios, y ella se comprometió a ayudarlo a navegar aquel campo minado que era el sistema de servicios sociales de los Estados Unidos.

Así transcurrieron unas semanas de idas y venidas a diferentes oficinas, de llamadas a los bancos y de enfrentar el sistema de abusos que estos aplican a sus clientes más pobres. Todo tomaba demasiado tiempo, tiempo que él sabía que Mariana no tenía. Para complicarlo todo, Antonio tenía un viaje planeado a Puerto Rico con su familia y, aunque muchas veces debatió dejarlo perder, sabía en su interior que los últimos cinco meses habían sido muy intensos para él y para los suyos, y necesitaba tomarse un respiro.

Por esta razón comenzó a preparar a Mariana y a sus familiares para las cosas que debían suceder durante su ausencia de veintiún días. Algo en él le decía que ese viaje podría convertirse en la última vez que vería a su mamá con vida, pero también sabía que, si no se iba, él mismo podría convertirse en víctima del estrés que en aquel momento lo tenía tomando medicamentos para la presión.

—No pueden dejar que mami se pase todo el día sola cuando yo no esté —le decía a su hermano mayor.

—Te voy a llamar cuando te toque a ti —le informaba a su hermano menor.

—Acuérdate de que, si pierdes el control e insultas a esta gente, mami es la que va a pagar las consecuencias. Así que con calma —le advertía a su sobrina mayor.

—Niño, mami necesita que la visites —le recordaba a su sobrino.

De todas maneras, las conversaciones más difíciles fueron con su mamá. Mirarla a los ojos mientras intentaba esconder aquel sentimiento de premonición que lo invadía se le hacía cada vez más difícil, aun cuando ya se había convertido en un experto en mentiras piadosas.

—Chico, te vas y me vas a dejar sola aquí con esta gente —reprochaba Mariana.

—No vas a estar sola, mami. Ya yo les dije a los otros lo que tienen que hacer.

—Tú sabes que ellos no van a venir después de que te vayas.

—Ellos vienen. Yo me aseguro de que vengan.

—¿Y si no vienen?

—Ellos van a estar aquí.

—¿Y no puedes dejar las vacaciones para después?

—Si hago eso, pierdo todo lo que pagué.

—¿Y si los llamas y les explicas?

—Ya traté y me dijeron que no.

—Entonces... ¿me vas a dejar sola?

—No sola. Además, yo te voy a llamar desde Puerto Rico pa' que veas dónde estoy.

—Si vas a La Perla, me llamas de Cascajo.

—Cuando esté allá te llamo por cámara pa' que lo veas.

—Cuánto me gustaría ir a la posita y bañarme allí.

—Cuando te mejores, ya irás.

—¿Quién dijo, mijo? Esto no se me va a quitar.

—Tienes que estar positiva y hacer los ejercicios que te dicen.

—Esa gente no hace na'.

—Ellos me han dicho que es que no te quieres mover.

—Es que me duele mucho cuando me mueven. Siento que me voy a partir en dos.

—Pues prepárate, porque yo llamé a la enfermera para sacarte pa' fuera.

—Ay chico tú sabes que me duele que me muevan.

—Yo lo sé, pero las locas están afuera esperándote con el otro loco.

—¿Las muchachas están aquí?

—Sí.

—Entonces sácame.

Unos treinta minutos más tarde, Mariana, tres de sus hermanas y uno de sus hermanos estaban en el jardín de la facilidad, hablando de cosas que precedían a Antonio. En sus risas y comentarios vio a su mamá feliz por primera vez en mucho tiempo. No se le escapaba la ironía de saber que Mariana y sus hermanas habían tenido muchos desacuerdos a lo largo de sus vidas y, aun así, allí estaban todos, apoyándola en sus momentos más difíciles. Todo rencor o molestia había quedado en el pasado.

Por primera vez en mucho tiempo, se dejó llevar por la esperanza de que visitas como aquella le inyectaban a su madre un poquito de fe y deseos de vivir, y eso era algo por lo que estaba profundamente agradecido. Aquel día hablaron de todo y se rieron de todo. Mariana sonreía en su dolor y, aunque se le notaba la fatiga en el rostro y la falta de ejercicio, también brillaba en ella esa luz que nace al sentirse querido por las personas importantes de la vida.

Aquella tarde fue tan maravillosa para ella que no quería que terminara nunca. Sus hermanos —la mayoría provenientes de la isla— le prometieron que regresarían en los próximos días, y cumplieron esa promesa al pie de la letra. Incluso su hermana Anaís, que batallaba con la misma enfermedad, se dio cita allí en medio de su propia lucha por sobrevivir.

Esperanzado en que aquel tipo de visita le daría a Mariana razones para seguir luchando, Antonio comenzó a sentir un poco de alivio del estrés que le cargaba el cuerpo. Para él y su esposa, la visita era también una oportunidad de descansar un poco después de tanto tiempo en el vaivén de la enfermedad. Aun así, aquel alivio no duraría mucho, pues en las semanas siguientes Mariana perdería citas médicas importantes por causa de la irresponsabilidad del asilo y, para colmo, terminaría en la sala de emergencias debido a diversas complicaciones de salud.

En cada momento, Antonio tenía la responsabilidad de firmar papeles y formularios para la atención médica de su madre, y muchas veces corregir errores que la nieta de Mariana —aun con buenas intenciones— cometía al presentarse en los diferentes lugares como si fuera la hija de la mujer. Antonio se vio obligado a denegarle permisos en las distintas salas del hospital, no porque pensara que su sobrina actuaba por egoísmo, sino porque, aunque amaba profundamente a su abuela, no estaba en capacidad de tomar decisiones sobre su cuidado de una manera consciente y neutral.

Así pasaron más semanas, y en cada visita Antonio no solo veía el deterioro físico de su madre, sino también el emocional, al estar en aquel lugar que él había aprendido a aborrecer con todo su corazón. Para un hombre que vio morir a su abuelo a los 95 años en su propio hogar, rodeado de familiares, resultaba un trauma cultural observar cómo los viejitos de aquel asilo parecían objetos descartados por sus familias. Deambulantes sin energía, vestidos con pijamas como presidiarios, caminaban por el pasillo como si avanzaran hacia la silla eléctrica, enfrentando la inevitabilidad de la muerte.

Sentía pena por aquellos viejos, y se le revolvía el estómago al pensar en su incapacidad de sacar a su madre de aquel matadero de conciencias y experiencias descartadas. Entendía, dentro de su pecho, la desesperación de Mariana, y buscaba la mejor cara posible para enfrentar la trampa económica en la que ambos estaban atrapados. Maldijo una y mil veces a los empleados del lugar en silencio, aunque en lo más profundo de sí sabía que lo que ocurría con su madre era el resultado de una sociedad fracasada.

Un día, mientras avanzaba por la ruta que lo llevaba a casa, recibió una llamada del asilo. Era la trabajadora social, informándole que habían enviado a Mariana nuevamente al hospital por unas leves fiebres, pero que "no era nada de cuidado". Antonio, inquieto, llamó a Mariana directamente:

—¿Qué te han dicho?

—Ay, chico, aquí otra vez en este hospital.

—Es que tienen que chequearte.

—Yo lo sé, pero estoy cansa de estar así.

—Bueno, no te preocupes. Cuando yo llegue a casa te cocino y te llevo tu comida como siempre. ¿Qué quieres?

—Tráeme cualquier cosa.

—Ok. Entonces cálmate y te veo allá.

Antonio llegó al hospital con la comida en la mano, acompañado de su esposa y su hijo mayor. Preguntó por la ubicación de su mamá en la sala de emergencias y lo dejaron pasar, junto a su esposa, al cuarto de Mariana. Conversaban sobre aquella nueva visita cuando una doctora, visiblemente nerviosa, llegó hasta ellos y habló con rapidez:

—¿Quiénes son ustedes?

—Yo soy el hijo, y ella es mi esposa.

—¿Hay alguien más con ustedes?

—Sí, mi hijo mayor.

—Ve y búscalo rápidamente.

—¿Qué está pasando? —preguntó Antonio, alarmado.

—Tu mamá tiene el corazón muy alterado y estoy obligada a administrarle un shock que tiene un 90% de posibilidad de matarla.

—¿Qué?

—Perdóname, no hay tiempo para explicártelo todo. Ve y busca a tu hijo y llama a sus familiares, pues este proceso usualmente mata al paciente. Pero primero vengan al cuarto para que le expliques lo que pasa, le digas lo que tengas que decirle antes de que yo haga lo que tengo que hacer.

Antonio buscó a su hijo rápidamente y le explicó la situación. Los tres entraron al cuarto. Mariana se veía calmada, mientras unas cinco personas preparaban el equipo médico frente a ella.

—¿Qué está pasando? —le preguntó a Antonio.

—La doctora quiere que te explique que te va a dar un shock... y que va a doler.

—¿Por qué?

—Tienen que bajar los latidos de tu corazón, y esa es la forma.

—¿Le dijiste? —preguntó la doctora en inglés.

—Sí —mintió Antonio.

—¿Va a doler mucho?

—Tienen que salir ya, no podemos esperar más —demandó la doctora.

—Mami, te veo después del procedimiento —dijo Antonio, mintiéndole a su madre y mintiéndose a sí mismo.

Al salir al área indicada por la doctora, Antonio tomó su teléfono celular con las manos temblorosas, mientras su esposa y su hijo lloraban en una esquina, invadidos por un sentimiento de inevitabilidad. Llamó a su tía Milagros:

—Tía, necesito hablar contigo.

—¿Qué pasó, niño?

—Mami está en la sala de emergencias y la doctora me mandó a llamarlos porque existe la posibilidad de que se muera en los próximos veinte minutos.

—¿Cómo fue? ¿Qué es lo que me estás diciendo?

Antonio le explicó paso a paso lo ocurrido y le pidió que llamara a los demás, pues sus nervios no le permitían repetir aquellas palabras. Luego se paró en la puerta de la habitación, mirando cómo entraban y salían personas del cuarto de su mamá, como si fuera una escena de película y no la vida real. Les habló a su esposa y a su hijo sobre mantener la calma que a él mismo le faltaba, y desde allí escuchó a Mariana gritar de dolor... y después, silencio.

En su mente repetía la última mentira que le había dicho a su madre y se culpaba por no poder hacer más por ella.

Pasaron unos minutos interminables. Antonio ya no podía contener las ganas de llorar, mientras su celular seguía recibiendo llamadas que él ignoraba por los nervios y la falta de información. Cinco minutos más tarde llegó la doctora y le informó que el procedimiento había sido exitoso, disculpándose por la forma brusca en que comunicó la situación. Luego lo llevó al cuarto: Mariana estaba levemente sedada, pero viva.

Uno por uno, los familiares comenzaron a llegar al hospital, todos con el rostro marcado por el miedo de recibir noticias fatales. Antonio y su familia, que aún estaban en el cuarto, salieron para dar paso a Milagros y al hijo mayor de Mariana. Luego llegaron la nieta, el hijo menor, el hermano menor, las sobrinas, la cuñada y un sinnúmero de personas que desfilaron por la habitación, como si cada uno necesitara confirmar con sus propios ojos que Mariana seguía respirando.

Finalmente, trasladaron a la enferma a una habitación de cuidados intensivos, donde, ya fuera de peligro inmediato, pasaría la noche bajo observación.

Al otro día, Antonio no fue a trabajar. Llegó al hospital cargando un dispositivo para tomar notas, todavía con el cuerpo tembloroso por la adrenalina de la noche anterior. Al entrar al cuarto encontró a Marie, la nieta mayor de Mariana. La muchacha no se había ido del hospital; había dormido en el estacionamiento para mantenerse cerca.

Después de hablar un rato sobre la condición de la enferma, Mariana miró a su hijo con una serenidad que contrastaba con el caos de la noche anterior.

—¿Yo me iba a morir anoche? —preguntó con una calma que a Antonio le partió el alma.

—Sí —respondió él sin tardarse.

—¿Por qué?

Antonio le explicó los riesgos del procedimiento y cómo había transcurrido todo. Mariana lo escuchó sin alarmarse, como si ya hubiera hecho las paces con la fragilidad de su cuerpo. Luego comentó que se sentía agradecida de que tantas personas se hubieran preocupado por ella y hubieran llegado al hospital a aquellas horas. Antonio y Marie coincidieron con ese sentimiento.

Cuando Mariana terminó de hacer sus preguntas, Antonio se paró frente a ella, abrió el dispositivo y dijo:

—Mami, como ya tuvimos un susto con tu situación, quiero que me digas qué quieres que haga el día que te vayas.

—Na', me cremas y ya —respondió Mariana, intentando suavizar el momento con humor.

—Mami, esto es serio. No quiero que llegue ese día y yo no sepa cuáles son tus deseos.

—Sí, mami, dinos, que nosotros lo hacemos —añadió Marie.

Mariana, al ver la seriedad en los rostros de ambos, suspiró y comenzó a dictar una lista de deseos, cada uno acompañado de sus razones:

- Velorio y cremación.
- Música de Ana Gabriel todo el tiempo.
- Un culto con sus cenizas en el templo de su iglesia en Puerto Rico.
- Repartir sus prendas y su ropa entre sus cuatro nietas.

- Lanzar sus cenizas al océano, en el lugar donde creció.
- Repartir el poco dinero que tenía entre sus nietos.

Este último deseo fue denegado por Antonio, explicándole que ese dinero sería necesario para cubrir los gastos fúnebres. Mariana lo entendió sin protestar, y con eso concluyó la lista de peticiones.

Antonio apagó el dispositivo con un nudo en la garganta. No era solo la lista. Era la manera en que su madre la había dicho: sin miedo, sin drama, sin lágrimas. Como quien ya ha visto demasiado dolor y solo quiere que, cuando llegue el final, la traten con la dignidad que la vida tantas veces le negó en la residencia presente.

Con el pasar de los días, muchas personas se dieron cita para verla, como si fuese una procesión en vida. Mariana entendía lo que estaba pasando, pero lejos de preocuparse, estaba agradecida por los esfuerzos que sus conocidos hacían para visitarla.

Eventualmente llegó el momento de regresar al asilo y continuar su espera para volver a casa. Llena de desesperación, le suplicó a su hijo que avanzara con el proceso para sacarla de aquel purgatorio de almas vivas en decadencia. Según ella, no estaba lista psicológica ni mentalmente para soportar mucho más tiempo rodeada de tanto abandono y desesperación. Antonio, una vez más, trató de calmarla pidiéndole paciencia, aunque en el fondo de su alma estaba totalmente de acuerdo con las afirmaciones de su madre.

Dentro de su pecho se acumulaba la decepción de haber tenido que enviar a su madre a aquel lugar con olores a abandono, indiferencia, soledad y desesperación. Un olor que caminaba por el aire, llenando los pulmones de Mariana con premoniciones de una finalidad fútil. Una peste pudriente hecha de los sueños y deseos rotos de tantas personas que le dieron todo a un mundo que no les dedicó ni un segundo pensamiento antes de abandonarlos a la soledad compartida con la decrepitud, la decepción y el miedo de haberse muerto ante los ojos de todos, aun cuando sus corazones seguían latiendo lentamente, como las arenas de un reloj que, granito a granito, llenan la tumba mental de sentirse invisible ante los ojos del mundo.

C...i...n...c...o M...i...n...u...t...o...s

La mañana comenzó como habían comenzado los últimos once días desde que Antonio llegó a Puerto Rico: con una llamada telefónica de su mamá, Mariana, quien seguía recuperándose en su asilo para ancianos después de sufrir un derrame cerebral.

El celular empezó a chirriar en la habitación, arrancándolo del espesor del sueño y devolviéndolo, de golpe, a esa ansiedad que lo acompañaba desde que regresó. Era la posibilidad de "esa llamada", la que llevaba atrapada en la mente junto con las premoniciones que sintió al dejar a su madre sola después de cinco meses de lucha compartida.

—¿Qué haces? —preguntó Mariana, como lo hacía todas las mañanas.

—Aquí acostado.

—¿Pa' dónde van hoy?

—Pa' San Juan, y después ya nos vamos a quedar en tu casa.

—Ok.

—¿Y tú cómo amaneciste hoy, ya te buscaste un novio?

—Vete pa' la porra[1] . Aquí estoy ensorra[2] .

—Pero vete a andar por ahí, para que te entretengas.

—Cuánto no daría yo.

—Yo lo sé, pero ya estás a punto de irte pa' donde Titi Milly, y ya verás que ahí vas a estar mejor.

—Bendito, mijo, que Dios te oiga.

—Ya mismo, mija. La muchacha que me está ayudando me llamó y me dijo que el proceso está al final.

—¡Qué mucho tiempo se coge esa gente!

—Me lo dices. Como no son ellos los que están ahí oyendo a viejos gritar.

—Pobres viejos abandonados como yo.

—Tú no estás abandonada. Además, ya hablé con los muchachos y ellos te van a ir a ver.

—¿Cuántos días te faltan pa' venir pa' tras?

—Diez días, y ya nos vemos, a lo mejor en casa de tía.

—Ay, mijo, ¡que Dios te oiga!

—Ten paciencia, yo sé que no es fácil.

—Bueno, entonces vete y llámame más tarde cuando llegues a casa.

Antonio colgó un poco más tranquilo: Mariana parecía estar de buen humor dentro de su condición.

Luego de desayunar y prepararse para su viaje a San Juan, su teléfono volvió a sonar. Era su mamá otra vez.

—¿Qué pasó, se te olvidó decir algo?

—Espérate, que tienen que hablar contigo —dijo Mariana.

---

1. ¡Vete pa' la porra! (Expresión rural puertorriqueña utilizada para decir "vete al carajo" de una manera menos brusca).

2. Ensorra: cansada y aburrida.

—Antonio —dijo una voz extraña desde el celular.

—Sí —respondió Antonio en inglés.

—Escuche: su mamá tiene una leve fiebre y la vamos a enviar al hospital como precaución. Solo queremos avisarle para que no se preocupe.

—Hello —volvió a decir Mariana.

—Mami, la enfermera dice que...

—¡Ay, bendito, chico, otra vez pa'l hospital!

—Míralo de esta forma: en el hospital no vas a escuchar a los pobres viejos gritando.

—Eso sí.

—Pues vete al hospital y déjame llamar a los muchachos pa' que lo sepan y te vayan a ver allá.

Después de notificar a sus familiares, salió con su familia hacia San Juan. Caminó por la calle Norzagaray rumbo al Castillo San Felipe del Morro como todo un turista. Luego regresó y, por primera vez en mucho tiempo, decidió bajar a la barriada La Perla, específicamente a la esquina que se aproxima a una cancha de baloncesto, pues desde allí bajaría a una región del océano conocida como Cascajo. Desde allí llamó a Mariana.

—¿Sabes dónde estoy?

—No.

—Estoy en Cascajo.

—Ay, chico, a mí me gustaría estar ahí.

—Yo lo sé. Cuando te mejores te puedo traer aquí.

—Yo no voy a poder bajar pa' allá.

—Pero lo miramos desde arriba. Lo importante es que te mejores para que puedas dar el viaje.

—Ok.

—¿Qué te han dicho?

—Na', ya me sacaron sangre y me pusieron el suero.

—Ya mismo te dicen algo. Acuérdate que esas cosas son así.

—Yo lo sé.

—Bueno, pues te voy a dejar para seguir aquí, que cuando llegue tengo que empacar para irme pa' la casa.

—¿Y cómo está la casa?

—Limpia, ya la limpiamos anteayer.

—Ok, pues que disfrutes.

—Llama a Marie pa' que no te aburras.

—Ok.

Ya entrada la noche, Antonio llegó a la casa de su mamá en Puerto Rico, la cual estaba vacía desde que su papá Amalio falleció y su mamá emigró a Philadelphia en busca de compañía y estabilidad. Todo transcurrió con normalidad hasta que, a las 8 p. m., su teléfono sonó. Era una llamada de su hermano mayor, a quien había dejado encargado de atender los asuntos de Mariana mientras él y su familia estaban de vacaciones.

—Dime, ¿qué te han dicho?

—Creo que vas a tener que venir ya. Mami se puso grave.

—¿De qué tú hablas, si yo hablé con ella esta tarde y todo estaba bien?

—Pues créeme que ya no. Tienes que venir.

—Está bien, déjame ver qué hago —dijo Antonio, sintiendo los nervios subirle por todo el cuerpo.

—Tienes que venir ya.

—Déjame buscar pasajes.

Antonio colgó y llamó a otra persona, esperanzado en que su hermano se estuviera dejando llevar por los nervios. Pero todos esos pensamientos se disiparon al escuchar a su tía Milagros confirmar lo que su hermano había dicho. Desde ese momento comenzó a buscar pasajes que lo regresaran lo más pronto posible a los Estados Unidos.

Dentro de su pecho, un sentimiento de culpa se mezclaba con una mente que le repetía que todas aquellas premoniciones que tuvo antes del viaje se habían transformado en una dolorosa realidad que no lo dejaba concentrarse. A su alrededor, su esposa y sus hijos ya mostraban los síntomas de la gravedad del momento, y Antonio, dentro de su propia mente, no sabía cómo comenzar a aceptar lo que estaba pasando mientras intentaba consolar a su familia sin desplomarse bajo el peso emocional.

Trató de hablarles de la vida y de cómo lo que sucedía era algo que ya esperaban, pero en su mente las palabras de su mamá retumbaban, haciéndole hoyos de eco en el corazón:

—¡Ay, bendito, chico, otra vez pa'l hospital!

Con esas palabras atrapadas en su mente, no encontraba manera de calmarse. Para complicar las cosas, su teléfono volvió a sonar, provocando que se le erizaran todos los vellos del cuerpo. Era su sobrina Marie.

—Tío, el doctor quiere hablar contigo.

—¿Qué está pasando?

—Mami Mariana se puso peor.

—Está bien, ponme al doctor.

El médico comenzó a explicarle lo complicado de la situación y cómo necesitaba la autorización de Antonio para hacerle una traqueostomía a la mujer en caso de que llegara el momento. Antonio accedió sin titubear y el doctor concluyó la llamada.

En medio del torbellino de emociones que había comenzado con la llamada del hermano mayor, era evidente que nadie en la casa iba a poder conciliar el sueño. Decidieron salir de la casa, que en aquel momento los asfixiaba, y en medio del batey Antonio y su familia comenzaron a procesar aquel día.

Otra vez volvió a sonar el teléfono, y esta vez era el hospital llamando directamente. Antonio contestó, y al otro lado de la línea estaba el oncólogo. Según él, las últimas imágenes que se le habían hecho a Mariana mostraban que el cáncer había invadido sus pulmones, sus riñones, su hígado y, por encima de todo, su corazón. En su opinión profesional, una traqueostomía solo le causaría más dolor y, de practicarse, lo único que lograría sería prolongar el sufrimiento de Mariana.

Antonio le pidió unos minutos para decidir y luego llamó a sus hermanos para compartir la noticia. Dos de ellos comprendieron que era necesario revocar las instrucciones que se habían dado al principio, mientras que uno se negó. Aun así, la decisión ya estaba tomada. Antonio, lleno de dolor, llamó al hospital y retiró las instrucciones que podrían mantener a su mamá con vida.

Sumido en el desespero que llega cuando se anticipa un dolor insoportable, trataba de escapar de sus propios pensamientos. Pensamientos que lo hacían sentirse despreciable ante su propia existencia. Se preguntaba una y otra vez si estaba tomando las decisiones correctas, si estaba condenando a su madre a la muerte. Se acusó a sí mismo de abandonarla a su suerte. Y por más que intentaba justificarse, no encontraba manera de excusarse ante la realidad que estaba viviendo.

Las próximas horas habrían de transformarse en un tumulto de sucesos que lo llevarían de regreso, envuelto en el miedo de que el final de los días de Mariana llegara antes de que él estuviese presente, como se lo había prometido. Su vuelo habría de aterrizar en la ciudad de Nueva York y, desde allí, tendría que manejar 120 millas hasta su casa en Philadelphia. Antes de bajarse de la aeronave decidió que era mejor desconectar su celular de las redes, pues el terror de encontrar "la noticia" antes de manejar lo incomodaba de manera existencial.

Luego del viaje, encendió su teléfono y no encontró ninguna indicación de que lo hubieran llamado durante el trayecto. Otra vez se cuestionó si su familia no lo había contactado por consideración a su bienestar mental, y llamó a una persona que le confirmó que todo seguía igual. Exhausto, se acostó a dormir por primera vez en las últimas 26 horas, para estar listo al otro día y enfrentar uno de los momentos más difíciles en la vida de su mamá y en las vidas de su familia colectiva.

Al día siguiente llegó al hospital y encontró a Marie y a Milagros al lado de Mariana, acompañándola toda la noche en su preocupación de verla partir en cualquier momento. La enferma murmuraba palabras inaudibles y entraba y salía de momentos de conciencia. Según las palabras de su nieta, Mariana decía que Amalio y Rosa la esperaban, y ella les respondía que no la molestaran, que todavía no se quería ir.

La escena estaba cargada de una emoción pesada, y Antonio se paró frente a su mamá para decirle:

—Mami, ya estoy aquí como te lo prometí. Estoy aquí para esperar por ti y no me iré hasta que estés en paz.

Con esas palabras, las lágrimas atrapadas por las últimas horas de tensión se le escaparon de los ojos, y sus manos comenzaron a temblar ante la imposibilidad de detener el dolor de su mamá y su inminente muerte. Los familiares se abrazaron, y unos minutos más tarde la trabajadora social del hospital llegó para comenzar el proceso que habría de transportar a Mariana desde un cuarto de cuidados intensivos al sistema de cuidados paliativos, con el fin de proveerle alivio antes del final.

Durante las próximas horas, todo se volvió un reguero de personas que llegaban a decirle adiós a Mariana por última vez: todos sus hermanos, sus sobrinas, sus cuñadas y sus nietos. Todos allí, esperando el momento en que los sistemas médicos que la sostenían fueran removidos una vez toda la documentación estuviese firmada.

Solo faltaban los hijos de Antonio, quienes se habían ido al cine a tratar de distraerse de la tensión acumulada durante los últimos dos días. Así llegó el momento de firmar los papeles, y Antonio le pidió a la trabajadora social que esperara unos minutos por sus hijos. También le preguntó cuánto tiempo duraría su mamá luego del proceso.

—Usualmente cinco minutos —respondió ella.

La mujer se fue a procesar los documentos, y la tensión del momento desembocó en una discusión con el hermano menor de Mariana, quien se incomodó ante la aparente dejadez de su sobrino al prolongar el sufrimiento de la mujer. Antonio defendió su decisión argumentando que sus hijos habían estado presentes durante todo el tiempo en que la enfermedad había dañado a la mujer, y que debían estar allí para decirle adiós, si es que eso era posible.

Los próximos minutos fueron tensos para todos y, aunque Antonio se sintió molesto por un instante, en el fondo de su corazón agradecía la presencia de su tío y de todos los familiares allí reunidos. Comprendía que las emociones estaban alteradas por el dolor compartido. Cuando sus hijos llegaron, se les comunicó la decisión y, desde ese momento, comenzó a ponerse en marcha aquel proceso tan devastador para todos.

La trabajadora social confirmó que todo estaba en orden e instó a los familiares más cercanos a entrar al cuarto para despedirse lo más pronto posible. Uno por uno fueron entrando y saliendo, todos inundados por la inminencia de la pérdida: algunos con la rabia que trae la impotencia, otros resignados al paso del tiempo y a las fuerzas devastadoras de la enfermedad.

Eventualmente, el cuarto quedó casi vacío, pues el momento de desconectar a Mariana de los instrumentos médicos era algo para lo que solo ciertas personas estaban autorizadas. Antonio pasó la incomodidad de pedirle a una amiga de Marie que abandonara el cuarto; aunque la muchacha conocía a su mamá, aquel instante era demasiado íntimo para compartirlo.

Con la habitación ya lista, la enfermera llegó a la puerta y explicó el proceso y las reacciones que podían presentarse cuando la mujer comenzara a delirar. Habló de las respuestas del cuerpo y de cómo todo aquello era normal. Una vez ofrecida la explicación, llegó el momento. Antonio, Marie, Milagros y los demás hijos de la mujer fueron testigos de cómo la maquinaria era retirada.

La emoción se desbordó desde los ojos de todos. Antonio sostenía una de las manos de Mariana, mientras Marie la abrazaba y Milagros le sujetaba la otra mano. Todos rodearon la cama, y Antonio puso música cristiana en su teléfono, con la esperanza de que aquellas melodías ayudaran a su madre a irse en paz. Así comenzó el conteo de los cinco minutos que habrían de ser los últimos de la vida de Mariana.

En la mente de Antonio regresaban un sinnúmero de imágenes que no lo dejaban respirar. Al mirar a su tía sosteniendo las manos de su hermana, la imagen de la muerte de Rosa volvió a su memoria, y sintió una mezcla de agradecimiento y pena por ella. Otra vez estaban juntos presenciando cómo un ser querido se extinguía hacia la eternidad. Primero había sido la mamá de Milagros y abuela de Antonio, quien seis años antes se fue en una noche en la que ambos se encargaron de medicarla ante los delirios de su agonía. Ahora era la mamá de Antonio y hermana de Milagros la que se marchaba a su descanso eterno de la misma manera. Antonio pensaba en cuánto dolor él y su tía habían compartido, y en medio de ese dolor sintió un agradecimiento profundo.

Luego miró a Marie, la nieta preferida de Mariana, por quien ella hubiese dado la vida misma. En ese instante sintió lástima por su sobrina, pues su abuela no solo había sido eso para ella: había sido, en toda esencia, su madre. La que la crió, la que la cuidó con ternura toda la vida. La única que siempre la comprendió y nunca la dejó sola a través de los años. Ahora estaba allí, mirando cómo Mariana se preparaba para partir, y ante los ojos de Antonio, su sobrina Marie se estaba quedando mucho más sola que él.

Eventualmente fijó la mirada en sus hermanos y no supo qué pensar, pues sabía que un dolor como aquel es un infierno privado para cada persona. Eso lo llevó a recuerdos de su niñez y de todos los esfuerzos de la mujer con cada uno de ellos. Todos recibieron amor, comprensión, y también castigos y desengaños, como cualquier ser humano. Aun así, cada uno estaba allí, porque en todas sus virtudes y defectos, Mariana siempre fue una madre abnegada.

Finalmente se concentró en la persona que había estado evitando: él mismo. El que estuvo más cerca del sufrimiento de Mariana. El mentiroso que, durante cinco meses, le mintió a su mamá mirándola de frente. El idiota que no podía perdonarse las veces que, en medio de aquella odisea, la obligó a hacer esfuerzos de mejoría que ya eran inútiles. Las palabras regresaban en sucesión, como cuchillas que atravesaban el corazón y, lejos de desangrarlo, lo inundaban de dolor:

—Es que me duele mucho.

—Son unos brutos conmigo, no me tratan bien.

—Tú no sabes cómo me duele.

—Ay, qué sola estoy.

—Me vas a dejar sola.

—¡Ay, bendito, chico, otra vez pa'l hospital!

Al escuchar esas palabras en su mente, Antonio pensó en la ironía de lo que le había dicho a su mamá en aquel momento. Y mientras ese torbellino de frases y emociones desordenadas corría por su mente, el reloj anunciaba que los cinco minutos llegaban a su final y, con ellos, los últimos segundos de la vida de Mariana.

Así comenzó el adiós final a la vida física de la mujer. Una expectativa de cinco minutos se transformó en una espera de veintidós horas y en una mudanza de cuarto. Y, fiel a la mujer que siempre fue, Mariana desafió la muerte luchando a través de una noche de verano que la vio partir diez días después de cumplir 68 años. Cuando por fin dejó de respirar, Antonio, Milagros, Marie y un sinnúmero de familiares estaban en el cuarto acompañándola hasta que su cuerpo no pudo luchar más.

En la mente de Antonio nació un dolor profundo, acompañado del agradecimiento que se mezcla con ese vacío inllenable que deja la muerte de la mujer que nos trajo al mundo, que nos dio no solo la vida, sino todo el amor y el tiempo de la suya. La que nunca pidió nada a cambio, solo que, por el amor de Dios, no la dejaran sola.

Entre las Olas del Océano

El sonido de las olas del Atlántico viajaba a través de las brisas del Viejo San Juan, transportando partículas de salitre con cada soplo, junto con el calor humedecido de las temperaturas caribeñas. Un sinnúmero de turistas caminaba por la calle Norzagaray: algunos señalaban el Castillo San Felipe del Morro en la distancia, mientras otros, de espaldas al mar, se tomaban fotos que incluían los colores brillantes de la barriada La Perla. Un día como este era típico en la ciudad más visitada del pueblo puertorriqueño.

Sentado en un banquito frente a la entrada de las escaleras metálicas que descienden hacia La Perla, un hombre de edad avanzada se secaba el sudor de la frente por tercera o cuarta vez. Uno de sus hijos, preocupado, le preguntó si se encontraba bien para continuar el viaje.

—¿Viejo, estás listo para seguir o necesitas un poco más de tiempo?

—Dame unos minutos, mijo, pa' descansar un poco.

—Tómate tu tiempo, papi. Yo sé que es un poco difícil.

—Me lo dices… pero tengo que llegar allí, aunque sea una última vez.

—No me diga eso, papá, que el año que viene tenemos que volver como todos los años.

—Mijo, tú sabes bien que pronto volverán ustedes sin mí.

—Ni lo piense.

—Recuerda lo que me prometieron.

—Nosotros vamos a cumplir —dijo otro de sus hijos.

—Sí, papá, usted no debe preocuparse por eso —añadió otro.

El anciano cerró los ojos por un largo momento y, en aquel preciso instante, sintió como los brazos de un ser dormido en el tiempo lo halaban hacia el pasado. Un pasado que revivía en su mente desde hacía muchos años y que era como un hormiguero de picadas, trayéndole memorias de otras vidas.

De repente se encontró en la guagua de la AMA, ruta número uno, que salía de Río Piedras hacia la Plaza Colón en San Juan, en el remoto año de 1980. Mirando por la ventana de cristal del autobús, el niño que apenas contaba con siete años gozaba del fresco que producía el aire acondicionado del transporte, pensando que pronto estaría mirando la estatua de Cristóbal Colón, a quien conocía de las mentiras que había leído en los libros de historia asignados en la escuela. Luego miraría las calles construidas de ladrillos y soñaría con los tiempos en que fueron levantadas, pues nadie le había dicho que personas negras como él habían sido mutiladas y abusadas en aquel proceso.

En su alma de niño solo existían los sueños y la ignorancia de las cosas que sucedieron antes de su nacimiento. En su mente, lo que más esperaba de aquel viaje era pararse en uno de los callejones de La Perla a mirar el océano Atlántico, ver las olas chocar con las piedras y observar un buque de carga pasar a lo lejos rumbo a desaparecer en el horizonte. Con todos aquellos sueños en la mente, el chiquillo llenaba sus pulmones de imaginaciones que iban desde lo posible hasta lo imposible.

A su lado, su hermano mayor se distraía de la misma forma, mientras su mamá Mariana cargaba al menor de los cuatro y su esposo Amalio se aseguraba de que el tercero de sus hijos permaneciera sentado. Una punzada en el corazón del anciano le indicaba que aquellos tiempos atrapados en los anales de su memoria solo volvían en los momentos tristes, para abrumarlo con etapas de felicidad pasajera.

—Última parada —dijo Amalio, su padre.

—Ahora no se vayan a bajar corriendo y esperen por nosotros, sino ustedes saben lo que les va a pasar —advertía Mariana, su madre.

—Está bien, mami —respondía Antonio (el viejo) con su voz de niño.

—Yo lo sé, mami —decía su hijo Junior.

—¿Podemos ir a ver la estatua de Colón? —preguntó Antonio.

—Al frente, y no se me muevan de ahí si no quieren que los prenda.[1]

—Está bien.

Cuando la guagua se detuvo por completo, todos los pasajeros bajaron de inmediato y los dos niños se apresuraron a caminar hasta el frente de la estatua del asesino transformado en ídolo por el revisionismo histórico. Antonio miraba hacia arriba para admirar la estatua de mármol, mientras por su mente recorría una de las frases favoritas de su mamá para decirle que no:

—¿Mami, me puedes comprar un muñeco de Star Wars?

—Sí, niño... cuando Colón baje el deo[2].

Concentrado en aquella memoria, Antonio, sentado en aquel banco de la Norzagaray, dejó que se le dibujara una sonrisa en los labios, mientras su corazón se inundaba de añoranzas por la voz de su madre y sus muchos dichos para expresarse. De repente la escuchó nuevamente en su mente tan claramente que hasta llegó a pensar que ella se encontraba sentada a su lado:

—Cuando me comí el pan, mami estaba como alacrán meáo[3] y me dio una pela[4]

Su hijo mayor le tocó el hombro y le preguntó:

—¿Qué te pasa? ¿de qué te ríes?

—Na', mijo, na'. Es que estaba acordándome de mami y sus cosas.

---

1. Los Prenda: se habla de golpear como castigo.

2. "Cuando Colón baje el dedo": dicho popular en Puerto Rico que se utilizaba para negar una petición, aludiendo a que solo cuando la estatua de Cristóbal Colón en la Plaza de San Juan bajara el dedo se cumpliría lo solicitado.

3. "Como alacrán meáo": Dicho popular en Puerto Rico que se utiliza para expresar que una persona está extremadamente molesta o irritada.

4. Una pela: Una golpiza.

—Abuela... yo también me acuerdo de sus chistes y de cómo le gustaba cantar.

—Cómo son las cosas. ¡Como se extraña la gente!

—Así es, pero no te preocupes, viejo, que para eso estamos aquí.

—Ya mismo la vemos.

—Así mismo es. Ya mismo podemos saludarla como se debe.

—Asegúrate de que tu mamá vaya al pasito y no se vaya a caer.

—Con todos nosotros aquí nada así va a pasar.

—Hay que andar con cuidado.

—Tú no te preocupes. Tómate tu tiempo y bajamos a Cascajo cuando tú estés listo.

—¡Gracias, mijo!

Antonio miró al frente, hacia la inmensidad del océano, y sus memorias de niño comenzaron a llenar los espacios vacíos de su mente, trayendo con cada recuerdo imágenes de tantas visitas que hizo a aquel lugar acompañado de sus padres. La Perla fue el sitio donde ellos se conocieron, y el lugar al que regresaban todos los años para visitar a los pocos conocidos que quedaban de aquella época.

Pensó nuevamente que aquel era un viaje económico para sus padres, pues el costo de la guagua pública con origen en Trujillo Alto era de $0.65 por persona, y el de la guagua de la AMA era de $0.25 por cliente. Por eso Amalio solo necesitaba $9.00 para regresar a San Juan y, con algunos $20.00, podía darse el lujo de comprarles a sus hijos un mantecado de coco, tamarindo, acerola, frambuesa o parcha o una piragua de los mismos sabores. Se internó profundamente en aquellos pensamientos sin intención de regresar a la realidad muy pronto.

De repente sonó un timbre que lo devolvió al presente, cuando un piragüero anunciaba su mercancía, y uno de sus hijos vino y le preguntó:

—¿Papi, quieres una piragua de coco?

Al escuchar la pregunta, la memoria de su padre ordenando mantecado para él, su madre y sus hermanos regresó como un rayo que parte el cielo y el alma en dos. Extrañando la voz de su papá, Antonio sintió un profundo agradecimiento por la vida de aquel hombre y por todas las lecciones que le dejó. Al mirar a sus hijos —todos con profesión y buenos empleos— se desbordó en gratitud hacia sus padres y hacia los sacrificios que hicieron para que la vida de él y de sus hermanos no repitiera el patrón de pobreza que los había condenado a él y a su esposa a vivir en eterna necesidad, una carga que se hacía más dura por el empeño de asegurar que sus hijos nunca carecieran de las cosas básicas que a ellos les faltaron.

Aquel sentido de gratitud lo llevó a escuchar la voz de Mariana, quejándose y regañándolo:

—No vayas a colgarte en la escuela.

—Yo no me voy a colgar eso es muy fácil pa' yo no pasar de grado.

—No quiero que te pase como a mí, que porque me sacaron de la escuela me quedé bruta.

—Yo lo sé, mami.

—No te atrevas a cortar clases como tu hermano. Mira lo que terminó haciendo.

—A mí no me tienes que decir eso. Yo no soy tan zángano.

—Yo lo sé, pero me preocupa que mis hijos no estudien teniendo la oportunidad que ni tu papá ni yo tuvimos.

—Por mí no se tiene que preocupar.

Distraído por los constantes recuerdos, no se dio cuenta de que uno de sus hijos se había sentado a su lado y le extendía una piragua de coco que ya comenzaba a derretirse bajo el calor. El muchacho le dijo que la consumiera para que se refrescara un poco. Al verlo, la tomó entre sus manos y, tras darle las gracias, preguntó:

—¿Cuánto cuesta una piragua ahora mismo?

—Ocho pesos.

—¡Ea, diablo!

—¿Me lo dices?

—Chacho, si mi viejo hubiera visto esto, se le cae la quija.

—Es que el señor me dijo que ya casi nadie hace nada de esto. Tú sabes, con todos los cambios de esta gentrificación forzada.

—Todo ha cambiado y nos han botado a todos. Imagínate, hasta me sorprende que la gente de La Perla todavía esté aquí.

—Esa gente no se va a dejar meter las cabras de nadie.

—Eso lo sé yo, si mami era de aquí.

—Por eso mismo lo sé. Abuela no era ninguna pendeja.

—¿Me lo dices o me lo preguntas?

—Yo también la extraño, papi.

—¿Y los otros dónde están?

—Están por ahí, tomándose fotos.

—Esa es la juventud de ahora.

—¿Ya estás listo?

—Dame unos minutos más. Ve buscándolos para ir bajando.

—Ok. Y cógelo con calma, que tú ya no ves muy bien pa' estar corriendo.

El hijo se fue a reunir con los familiares, mientras Antonio se comía su piragua con la misma intensidad de siempre, como si en cada sorbo se aferrara a un recuerdo que le devolvía pedazos de su alma. Al analizar las palabras de su hijo menor acerca de su impedimento visual, su mente lo transportó a una tarde de 1986, cuando en una pelea con su hermano éste le lanzó un pedazo de rama de un árbol y le fracturó los lagrimales de su ojo izquierdo. Mariana, al ver la sangre y no poder despegar las manos del niño de su rostro, comenzó a llorar gritando que el chiquillo había perdido su ojo.

En un viaje de emergencia al hospital local, la madre lloraba desesperada por no poder atender aquella urgencia médica del muchacho. Al llegar allí y ser visto por el doctor de turno, se determinó que el ojo de Antonio estaba bien, pero que necesitaría un traslado en ambulancia al Centro Médico de Río Piedras, donde luego de un análisis se concluyó que el niño requería una operación quirúrgica para tratar de reparar una fractura en su cavidad ocular izquierda. Durante todo aquel evento Mariana no dejaba de llorar desesperada. Este recuerdo causó un remordimiento inexplicable en Antonio que sentado en el banquito con su piragua en la mano y sus sentimientos lastimados en el pecho dejo escapar unas palabras:

—No llores mamá que yo estoy bien. ¡Por favor no llores!

Aun así, se sorprendió de sí mismo cuando lo siguiente que irrumpió en su memoria fue una imagen para la que no estaba preparado. Después de tantos años, volvió a recordar los días de recuperación tras su operación.

En aquel cuarto de hospital, donde su madre parecía no moverse nunca, se descubrió mirando con un solo ojo a una niña llamada Cindy, despojada de todo su cabello. Frente a ella, un muchacho llamado Manuel intentaba sanar las quemaduras que había sufrido al electrocutarse mientras jugaba cerca de una cablería eléctrica. A su lado estaba otro niño cuyo nombre Antonio no lograba rescatar de la memoria.

Antonio miró a la niña, empujado por la curiosidad de su apariencia física, antes de preguntarle a Mariana qué pasaba con ella. Su madre lo regañó por ser insensible, pero la niña, al escucharlo, le respondió sin ninguna preocupación en su voz:

—Es que yo tengo cáncer y me acaban de volver a operar.

Al escuchar la palabra "cáncer", Antonio no supo qué decir. Aunque la había oído antes, nunca había visto a alguien enfermo de eso. Desde aquel momento entabló conversaciones diarias con la niña, hasta que fue dado de alta tres días más tarde.

—Yo vengo a verte la semana que viene —le prometió con la sinceridad más ferviente de un niño.

—No te vayas a olvidar de mí.

—No, chica, yo vengo.

Una semana más tarde regresó con Mariana para cumplir su promesa. Como era menor de edad, no lo dejaron subir a la sala de visitas. Su madre lo dejó esperando mientras iba a hablar con la mamá de Cindy para pedirle permiso para la visita acordada entre los dos niños. Después de varios minutos, Antonio vio a su madre caminar hacia él con el rostro humedecido. Se sentó frente a él, le agarró una de sus manos y le dijo que la niña había muerto dos días antes por complicaciones de la última operación.

Antonio comenzó a llorar en su memoria, al mismo tiempo que en el presente dejó escapar una lágrima de dolor acompañada de las palabras:

—Maldito cáncer, me has robado tanto. Maldito cáncer...

Unos minutos más tarde, su esposa, sus hijos y sus nietos ya estaban reunidos para descender a la barriada La Perla por la entrada del túnel que está en la calle Norzagaray, pues bajar las escaleras de metal ya no le era posible con el bastón que lo ayudaba a balancearse. Emprendieron el viaje lentamente mientras él observaba a sus nietos mirar la estructura de ladrillos, tal como él la miraba en su niñez. Poco a poco se internaron más dentro de la barriada que, en su infancia, era considerada uno de los lugares más peligrosos de la Isla del Encanto.

De esta manera recordó mientras caminaba lentamente cómo, en las raras ocasiones en que iban a visitar el lugar en el auto de un amigo de su papá, éste tenía que pasar por debajo de aquel túnel para avisar que venía de visita en un auto privado, asegurándose de que los habitantes del lugar supieran que no eran unos extraños tratando de causar problemas. Eso hacía que Antonio se sintiera especial, pues no solo iba a mirar el Atlántico desde la orilla, sino que lo haría sin las distracciones de los turistas que siempre deambulaban por San Juan buscando la fotografía perfecta para sus vacaciones, entre gente a la que en su propio país trataban como basura.

Ya en la calle que cruzaba la barriada de un lado a otro, la familia caminaba lentamente, como un sinnúmero de turistas extranjeros. Avanzaron por aquella calle rumbo a la esquina donde se encontraba la cancha de baloncesto. Al llegar allí comenzaron un descenso dificultoso por los callejones y escaleras corroídas por el paso del tiempo y el salitre, que culminaban en las arenas de una región conocida por los locales como Cascajo.

Al mirar el lugar desde la parte alta, las palpitaciones en el corazón de Antonio se intensificaron y pidió a sus hijos un momento para descansar. En realidad, no estaba emocionalmente listo para llegar al mar y pararse en aquella arena mientras su corazón le murmuraba que se le acababa el tiempo para volver allí, como lo había hecho por más de treinta años.

Pidió sentarse y sus hijos lo ayudaron a acomodarse en los escalones por los que descendían. Preocupados por la aparente debilidad física de su padre, se miraron entre sí con gestos de preocupación que él alcanzó a ver antes de decirles que no debían alarmarse por su falta de energía, pues después de todo ya estaba viejo para esas cosas, pero una promesa era una promesa. Al pronunciar esas palabras cerró los ojos y se encontró nuevamente ante la mirada de su mamá Mariana, mientras regresaban a casa de la hermana de ella tras una cita médica en la que el oncólogo le había notificado el regreso del cáncer a su cuerpo.

—Mami, no es que yo lo quiera así, pero si te dicen que te queda poco tiempo, ¿qué piensas hacer?

—Yo no sé. Espero en Dios que no sea así.

—¿Pero si lo es?

—Bueno, voy pa' mi casa en Puerto Rico a ver a mis amistades por una última vez.

—Creo que eso es lo que debes hacer. Ir donde la gente te quiere de verdad.

—Si es así, le digo a Milagros que se vaya conmigo pa' no estar sola.

—Eso también está bien. Si tía necesita, yo le pago el pasaje para que esté contigo.

—Tengo miedo.

—Eso es normal, mami. Yo también tengo miedo, pero tú crees en Dios, pues pídele que te ayude.

—Voy a llamar a mis hermanos de la Iglesia Bautista para que oren por mí.

Desde allí, la mente de Antonio volvió a escuchar los llantos incontrolables de su madre a través de su teléfono celular aquel 2 de abril de 2024. Fue el día en que el doctor le pronosticó un tiempo de seis meses a un año de vida, de acuerdo con la progresión de la enfermedad. Tragó hondo para no llorar frente a sus familiares al escucharse decirle a su mamá, con dolor en el alma:

—Mami, cálmate, que todavía estás viva.

—Yo lo sé, pero es que tengo miedo. Me da miedo saber que me voy a morir.

—No pienses en eso ahora y pídele a Dios por su ayuda —dijo él con poquita fe.

—Es que no sé qué hacer... No sé qué hacer.

—Lo primero que debemos hacer es calmarnos y pensar en los pasos a seguir.

—¿Tú crees?

—Sí, mami, eso es lo que creo que debemos hacer.

—Está bien.

Tras una breve conversación en la que consiguió apaciguar los nervios de Mariana, aunque no los suyos, Antonio le dijo su madre:

—Te voy a dejar ahora, pues estoy en una gira escolar y en cuanto salga de aquí voy a verte y hablamos en persona. Pero, vieja, cálmate por favor que aun estás con vida.

Un brinco en su corazón le indicó que venía otra memoria de la que no podría escaparse ni arrugando los ojos fuertemente.

—Tienes que venir de una vez —decía la voz de su hermano mayor.

—Yo ya sé lo de mami. Voy en cuanto salga del trabajo, pues estoy en una gira.

—No, la cosa se complicó más, pues a mami le acaba de dar un derrame cerebral y tenemos que decidir qué hacer.

Otro salto en su memoria y Antonio se encontró frente a la camilla de su madre luego de la operación, aún bajo los efectos de la anestesia. Mariana murmuraba palabras inaudibles hasta que, en un momento, dijo:

—¿Qué pasó?

—No te esfuerces, mami. —decía Antonio calmadamente.

—¡Cuídense, los amo!

—No hables así, que tú aún no te vas.

—¡Los quiero mucho!

Desde allí la secuencia de memorias se hizo más intensa, hasta que llegó a encontrarse redactando una lista que carcomía su pecho. Las peticiones contenían un listado de deseos: poner música de Ana Gabriel, distribuir algunos artículos personales, celebrar un culto en la iglesia y cumplir un pedido especial que, a aquella edad avanzada, aun llevaba a Antonio a descender hacia las arenas del océano Atlántico.

—Quiero que un poquito de mis cenizas las eches en el mar. Donde yo jugaba de niña.

—¿Estás segura?

—Sí, niño, así me quedaré allí para siempre.

—Mami, yo creo que...

—Antonio, el día que yo me muera... Necesito que me lo prometas.

—No te preocupes, mamá. Yo te prometo que haré lo que me pides.

—No dejes de visitarme cuando estés en la Isla. No me dejes sola.

—Nunca, mami. Ahí estaré...

Con aquellas palabras retumbando en su mente como un trueno después de un rayo, Antonio se puso de pie e instruyó a sus hijos para que lo ayudaran a bajar a las arenas de Cascajo. Ya en la parte baja, sus pies tocaron la arena y pidió a sus hijos que le quitaran los zapatos para sentir la orilla con su propia piel.

Caminó de la mano de uno de ellos, mientras algunos de sus nietos se entretenían recogiendo cristales de botella que, tras meses expuestos al mar, se habían transformado en piedritas de colores. Otros jugaban buscando "cobitos[5]" entre las piedras del lugar, y algunos se concentraban en intentar tocar los erizos de mar bajo el agua con ramitas de árbol caídas. Era una costumbre que Antonio les enseñaba en cada visita, una tradición que él mismo había heredado de su madre en las excursiones de su niñez.

Apoyado en los brazos firmes de sus hijos, avanzó hasta el sitio justo antes de la Garita del Diablo, donde un bloqueo de rocas le impedía escalar como solía hacerlo en sus años de juventud. Vencido por la emoción, rompió en llanto, como un niño extraviado en un centro comercial, llamando a voz alta a su madre.

Sus hijos, conmovidos por la imagen, empezaron a sollozar al ver a su padre —el hombre que siempre había sido fuerte, la roca de la familia— derrumbado ante el peso del tiempo y de una promesa que, con los años, se le hacía más difícil cumplir:

—Mami, estoy aquí para verte. Vieja, no sé cuánto tiempo más me queda para volver como te lo prometí, pero quiero que sepas que mientras Dios me dé fuerzas no voy a dejar de venir a verte nunca.

—Papi, cálmate, que no queremos que te dé algo.

—Yo estoy bien. Por favor, denme un momento solo.

—¿Estás seguro?

—Sí.

La familia se alejó un poco, sin quitarle la mirada de encima, preocupados por su estado emocional y sus condiciones físicas. Entonces entablaron una conversación:

—¿Tú crees que papi está bien? —preguntó el hijo del medio.

—Sí, pero acuérdate de que eso es lo que tiene que hacer —contestó el menor.

—A lo mejor no deberíamos traerlo más pa' acá —dijo el menor.

—No te atrevas a decir algo así. Recuerda que papi es un hombre de palabra, y eso terminaría matándolo. —regaño el mayor en un tono calmado.

—Yo no estoy de acuerdo con lo que le prometimos —dijo el del medio.

---

5. Cobitos: cangrejo ermitaño.

—Yo tampoco, pero qué se va a hacer —comentó el primero.

—Pues vayan preparándose, porque yo voy a hacer lo que papi me pidió. Voy a cumplir con sus deseos como él los cumplió con abuela Mariana. Ustedes estaban ahí y saben lo difícil que fue, pero se hizo.

Luego se quedó mirando a su padre, arrodillado en la arena a lo lejos, mientras sentía un hincón en el corazón al pensar en la promesa. A la vez se preguntaba si acaso a su padre comenzaban a faltarle las facultades por la avanzada edad, o si era más bien la fuerza de su AMOR y la PROMESA que le hizo a su madre —acompañada de algún que otro REMORDIMIENTO— lo que lo traía de regreso, año tras año, hasta aquel preciso instante en que se le agotaba el TIEMPO.

—¿Qué le pasa a papá Antonio? —preguntó el nieto menor de Antonio.

—Está cumpliendo con una promesa.

—¿Y con quién habla?

—Con mi abuelita Mariana.

—¿La señora de los videos que me enseñaste?

—Sí.

—Pero yo no veo a nadie.

—Mijo, tú eres muy joven para entender esas cosas.

—¿Y tú tienes que hacer lo mismo?

—Sí, mi niño, algún día me va a tocar hacer lo mismo.

—¿Y yo voy a tener que hacer lo mismo?

—Eso depende de ti.

—Yo no sé si yo pueda.

—No te preocupes, mijo, que eso no es obligado.

—Papi, ¿eso significa que papá Antonio se va a morir? —dijo el niño con tonos de preocupación.

—No, niño, pero algún día le tendremos que decir adiós.

—¿Aquí?

—Eso es lo que él quiere.

—¿Y tú?

—Mijo, yo no sé.

—Si tú quieres eso, yo vengo a traerte.

—¿Estás seguro? Eso es una responsabilidad grande.

—A mí me gusta venir aquí. Y si es aquí donde tú quieres estar, yo te traigo.

—Tú no sabes lo que dices.

—Seguro que sí, papi.

—Bueno, espero que algún día entiendas lo que estás ofreciendo.

—Yo sé, papi. Aquí con abuelita Mariana, papá Antonio, en aquella esquina donde él está.

En la distancia Antonio, por su parte, continuaba sollozando y hablándole al aire con la convicción de un religioso que le habla a un santo:

—Quiero que sepas que vengo del cementerio de ver a papi y a los abuelos. Y quiero darte una noticia que creo que te va a gustar mucho, vieja.

Tomó unos segundos antes de decir:

—Vieja, he decidido dónde quiero irme a mi descanso eterno. He instruido a mis hijos para que me traigan aquí, que brinquen esa piedra y que echen mis cenizas junto con las tuyas.

Se plantó frente a las rocas y evocó la petición que Mariana le había hecho, la misma que ahora él transmitía a sus hijos y que esperaba, desde lo más profundo de su alma, que pudieran cumplir. Entonces una amplia sonrisa se dibujó en su rostro, antes de mirarlos con orgullo y agradecerle a la vida el regalo que habían sido para él su padre Amalio y su madre Mariana. Esos dos seres que aún vivían dentro de su alma, guiando sus pasos tras más de ochenta años de andar por el mundo. Las mismas enseñanzas que él había transmitido a sus hijos, y que ellos ahora compartían con los suyos, prolongaban así el legado de sus padres.

Con aquel sentimiento llenando los recovecos vacíos de su ser, volvió a mirar el Atlántico y dijo:

—Mami, voy a venir a verte, tal como te lo prometí. No te preocupes, nunca te voy a dejar sola. Vieja muy pronto te acompañaré, por siempre y para siempre… entre las olas del océano…

Cuando se Apaga la Luz

EL SER HUMANO ESTÁ acostumbrado a caminar con la luz iluminando sus pasos. Desde el momento en que abrimos los ojos al nacer hasta el último día que nos ve morir, la luz es importante en nuestras vidas. Si damos pasos en la oscuridad, lo hacemos con cautela, asustados de tropezar con algo o de golpearnos la cara contra una pared u otro obstáculo. En pocas palabras, somos dependientes de la iluminación que la luz nos provee.

Es por eso que, cuando se nos apaga la luz, nos sentimos desorientados e inseguros ante su ausencia. Comenzamos a dar pasos tentativos en lugares donde antes caminábamos con firmeza, y perdemos la seguridad que nos ayudaba a avanzar de frente y sin miedos. La luz es algo muy importante en nuestras vidas, aunque a veces la damos por sentado, como si siempre estuviera —y estuviera para siempre— ahí para guiarnos.

Para algunos, solo cuando llegan ocasionalmente las tinieblas comprenden su importancia y su valor. Es en ese momento cuando se llenan de dudas y se pierden en su propia mente buscando los instantes de luz que tuvieron en sus vidas. Son esos momentos en que la desesperación los hace inventar realidades que nunca existieron para apaciguar la oscuridad que dejó la luz apagada. Es entonces cuando comienzan a valorar la iluminación que siempre tuvieron y que no supieron apreciar.

Por eso, cuando se apaga la luz de los ojos de nuestra abuela, perdemos la ternura de esa mujer que siempre nos apoyó sin condiciones. La que nos entendía aun cuando nuestros padres nos regañaban. La que nos malcriaba con sus caricias y que siempre nos miró como una extensión de su propia vida, proveyéndonos todo el amor que necesitábamos y, ocasionalmente, un regaño que nos lanzaba a una crisis de identidad, porque comprendíamos que si ella nos estaba regañando era porque habíamos cruzado una línea muy seria para que tuviera que amonestarnos.

Si la luz que se apaga es la de los ojos del abuelo, entonces se nos hiere el orgullo al sentir que hemos defraudado a ese hombre recto que conocemos. Aquel que cometió errores que ahora intenta evitarnos, demostrándonos —con la calma adquirida a través de los años— que aún puede guiarnos a tomar las decisiones que él no tomó, para librarnos de los dolores y fracasos que él experimentó.

De igual manera, si la oscuridad llega por la falta de la iluminación de los ojos de nuestro padre, los pasos se nos vuelven más pesados y tentativos. Comenzamos a gatear como bebés nuevamente, porque hasta ese instante no sabíamos lo que era caminar en un mundo sin esa presencia que nos proveía un sentido de seguridad absoluta. Saber que, en cualquier momento en que tropezáramos y cayéramos al suelo, sus manos estarían extendidas para levantarnos —como si aún fuéramos el bebé que él vio nacer y tomó en sus brazos prometiendo cuidarlo hasta que se le apagara la luz— era lo que nos sostenía.

También, en la siniestra ocasión en que la luz que se apaga es la de los ojos de uno de nuestros hijos, la devastación es total e irrecuperable. En nuestros hijos vemos nuestra contribución a este mundo, el desarrollo de todas nuestras esperanzas y nuestros sueños. Esa oscuridad es la que todo padre teme más que perder su propia luz: una oscuridad que puede apaciguarse, pero nunca volver a iluminarse, sin importar cuántas otras luces similares poseamos. Si se apaga la luz de los ojos de uno de nuestros hijos, la luz de nuestros propios ojos se opaca hasta el fin de nuestros días, porque la iluminación que poseemos en ellos está atada al brillo de sus miradas.

Y por último, cuando se cierran los ojos de nuestra madre, perdemos algo irremplazable: la luz de la persona que más nos amó en esta vida, sin excepción de ninguna otra. La que, sin pensarlo, nos dio todo el tiempo de sus días buscando iluminar nuestros pasos en medio de cualquier oscuridad. Perdemos una fuente de cariño y comprensión que no encontraremos en ninguna otra mujer del mundo; es imposible. La orfandad que trae esa oscuridad es capaz de opacar incluso la que sentimos al perder a nuestros abuelos y a nuestro padre. Solo la pérdida de un hijo puede ser más grande. Aun así, no hay ni habrá oscuridad más temerosa que la que dejan los ojos de nuestra madre al cerrarse para siempre.

Por eso te pregunto: ¿qué esperas para apreciar la luz de la vida de tu madre si la tienes viva? No cometas el error de tantos que solo reconocen la iluminación que ella proveía a sus vidas cuando la luz de sus ojos ya se ha apagado para siempre. Búscala y abrázala lo más que puedas, porque el día en que no la tengas no habrá realidad que puedas inventar que te devuelva la luz de esos ojos para iluminar tu vida.

Ecos

Muchas veces, en la vida, sentimos el retumbe de los ecos en nuestra cabeza.

A veces suenan como una gota de agua cayendo en un pozo, otras como piedritas que descienden por una loma.

Pero en muchas ocasiones esos ecos son gritos mudos que rompen los silencios sordos de nuestra memoria y nos conectan con un mundo de reflexiones que solo experimentamos en momentos extraños y poco frecuentes.

Sin embargo, a veces los ecos son sonidos constantes que no nos abandonan ni por un segundo; son imposibles de ignorar, aunque lo intentemos, y más que nada, resultan necesarios en nuestras vidas.

En ocasiones, las goteras de recuerdos son sonidos lejanos de voces y memorias esparcidas en las arenas del tiempo. Vemos algo que nos recuerda los consejos que recibimos en nuestra niñez de nuestros tíos, vecinos y amigos, quienes intentaban evitar que tropezáramos con dificultades y contratiempos. Luego analizamos cómo fue que los ignoramos en aquellos momentos y, con el dolor de la experiencia, llegamos a comprender y apreciar aquellas palabras que, por nuestra inmadurez, dejamos pasar.

Otras veces los ecos llegan como ríos de aguas turbias, sacudiendo con fuerza nuestro interior y obligándonos a detenernos para escuchar aquello que nos causó dolor y momentos de dudas existenciales, amenazas que intentaron quebrar nuestro sentido de seguridad y las percepciones de lo que somos y significamos en este mundo.

Son palabras que nos hirieron y lastimaron el orgullo, abandonándonos en lugares bajos y sombríos, haciéndonos sentir como tierra mojada que se hunde y se contamina en una piscina de lodo. Eran los detractores que siempre tenían algo que decir para sentirse bien ante sus propios fracasos, tratando de arrastrarnos hacia la misma situación.

No obstante, los ecos que retumban de manera contundente en nuestra mente también son los ecos de las palabras que nos abrieron puertas o nos sacaron de lugares oscuros hacia el mundo de la luz.

Las palabras de la madrina diciéndote que te quería sin condiciones, que te comportaras bien y la hicieras sentirse orgullosa de ti.

Las palabras de nuestra abuela, que tenían la fuerza de destruir cualquier pensamiento negativo que nos hacía dudar de nuestro carácter. Esa ternura y la profundidad en su mirada cuando nos decía que todo iba a estar bien, que solo había que tener determinación y fe.

Y el trueno de los ecos de las palabras y los ejemplos de nuestros padres: la resolución callada de tu padre ante los retos, que te demostraba en un mundo de acción lo que no te expresaba con palabras. Los momentos que te enseñaban, sin discursos, que la fortaleza se construye con hechos y no solo con promesas vacías.

El relámpago de la voz de tu madre que descarta de inmediato la insinuación de que no tenemos el valor que ella nos da ante un mundo injusto.

Las veces en que realiza el trabajo difícil de recomponerte cuando tienes el espíritu roto.

Las ocasiones en las que se expone a dolores que solo deberían ser tuyos, con tal de minimizar el sufrimiento que tú y solo tú deberías estar sintiendo.

Los momentos de duda en los que el eco de su voz te recuerda quién eres y de qué eres capaz, sin importar cómo otros te perciban.

Los ratos en los que sus palabras son como miel que endulza las amarguras de nuestra existencia.

Y así continuamos por el camino de la vida, rodeados de tantos ecos en nuestra memoria.

Ecos inescapables que caen al fondo del charco emocional de nuestra alma.

Los que desgarran nuestro ser con su maldad y negatividad, como piedritas rencorosas que bajan desgarrándonos la piel.

Y los relámpagos y truenos de la ternura de nuestros padres, que nos dicen que nos aman, nos aceptan, nos entienden en cada momento.

Los ecos de sus palabras que retumban en nuestra memoria cada vez que nos hacen falta.

Que nos reconstruyen cuando algo nos destruye y que nos gritan desde dentro de nuestra alma y desde el más allá que nos aman hoy, mañana y siempre.

Que nos comunican que, en las cavernas de oscuridad y duda, su luz estará presente por siempre y para siempre, haciéndole ecos de ternura a nuestras vidas hasta el fin del tiempo.

Es de esa manera que llegamos a una de las realizaciones más importantes que se puede tener como seres humanos: la certeza de que somos un sinnúmero de ecos compartidos a través de nuestro camino con todas las personas que nos encontramos.

Al final, reconocemos que nosotros también somos ecos que retumbarán en la memoria de los seres para los que somos la gotita, la piedrita o el trueno.

Y de esa manera viviremos por siempre en las memorias de otras vidas.

Después del Silencio

Muchas veces en la vida, nosotros, los seres humanos, no somos capaces de entender —o no queremos aceptar— lo que ocurre después del silencio. Ese momento en que irrumpe un torbellino de emociones que nos sacude como las olas de un mar furioso, llevándonos y trayéndonos de forma constante, pero violenta. Y en medio de ese vaivén alterado, perdemos la capacidad de discernir que, con la llegada del silencio, emergen las emociones esenciales que nos hacen humanos.

Al principio, el silencio se vuelve tan insoportable que nos sentimos como el ser más sedentario del mundo. Una soledad compartida con muchas personas a nuestro alrededor que, aunque intentan apoyarnos y demostrarnos que no estamos solos, no logran calmar esa sensación de vacío. Por el contrario, tenemos la compañía ilimitada de quienes nos aman, pero aun así nos sentimos como deambulantes en el desierto: parados frente a una piscina de agua que solo percibimos como un oasis engañoso. Porque, aunque el agua esté ofreciéndonos alivio para la sed, sabemos que jamás podremos saciar el deseo de recuperar lo que hemos perdido.

Luego de esos gritos mudos desde la conciencia cargada de pena, llega un periodo de dudas existenciales en el que cuestionamos nuestro valor como seres humanos. Nos preguntamos si hicimos lo correcto, y nos culpamos por no haber sido mejores. Buscamos los momentos más bajos de nuestras vidas para juzgarnos y convencernos de que los demás nos miran con decepción, aplicándonos el mismo juicio implacable que nosotros mismos nos imponemos. Sentimos punzadas en el corazón al encontrar, entre todos nuestros recuerdos, aquellos instantes en los que debimos hacer más... y no lo hicimos.

Nos aplastamos bajo el peso de nuestra percepción de valor propio, sin darnos cuenta de que nada de eso es esencial. Porque el silencio no llegó por nuestras acciones, sino porque tenía que llegar, como les llega a todos.

Con el paso de los días, el silencio se transforma en momentos de aceptación de lo inevitable. Comenzamos a rendirnos ante la certeza del tiempo, y por instantes esporádicos sentimos felicidades pasajeras que nos permiten recordar brevemente los momentos que nos dieron sonrisas y alegrías. Pero esas memorias nos devuelven al vacío del silencio. La realización de que momentos como los que recordamos ya no volverán, pues no son posibles. Los protagonistas de esas memorias ya no pueden reinterpretar aquel papel importante en nuestras vidas; su esencia se ha perdido entre las arenas del tiempo y solo existen en los anales de nuestra memoria desde el instante en que llegó el silencio. Y aunque los traemos con cada añoranza, cada evocación, solo podemos abrazarlos en lo más profundo de nuestro recuerdo. Eso nos hace llorar desconsoladamente, pues para el silencio no hay consuelo inmediato que pueda aplacar los dolores que llegan desde lo profundo de nuestras entrañas.

Transcurrido más tiempo, el silencio comienza a permitirnos recordar de la manera correcta. Comenzamos a darle el valor justo a lo que perdimos para siempre. Y empezamos a encontrar en los registros de nuestra memoria tantos momentos hermosos que nos permiten sentirnos agraciados por haber tenido la dicha de contar con esas personas cuya partida dejó ese silencio alborotado en nuestras vidas. Nos damos la oportunidad de aprender a recordar con amor todo lo que perdimos, y comprendemos que, aun en nuestro dolor, fuimos afortunados.

No existe silencio más ensordecedor que aquel que deja la partida de nuestra madre. Con el paso del tiempo, el dolor se transforma en reflexión, y la descubrimos abrazándonos en esos instantes donde las palabras no alcanzaban. La vemos llorar, impotente, frente a la injusticia que nos hiere. La imaginamos arrodillada junto a nuestra cama, inquieta por la enfermedad que nos consume, dispuesta a cargarla sin temor con tal de devolvernos la salud perdida. La recordamos suplicando a Dios por nuestras vidas y por la claridad de nuestro camino, entregando, si fuera necesario, todo el tiempo de su existencia.

Recordamos su sonrisa cuando, en aquellas raras ocasiones, le ofrecimos momentos de orgullo. Esos en los que levantaba la cara con una sonrisa para gritarle al mundo que éramos sus hijos y que estaba orgullosa de nosotros. Somos capaces de agradecerle hasta una golpiza que nos dio para enderezarnos, y agradecerle que el dolor que nos causó en aquel momento previno faltas más severas que podrían haber alterado el rumbo de nuestras vidas.

Finalmente, tras el silencio, llega la certeza de que somos el reflejo de nuestra madre, con todas sus virtudes y también con algunos de sus defectos. Cuando abrazamos a nuestros hijos en esos momentos en que las palabras no alcanzan, es ella quien los envuelve, susurrándoles al oído que todo estará bien. Cuando la frustración nos arranca lágrimas ante la impotencia de aliviar su dolor, es la sangre de nuestra madre la que llora a través de nuestros ojos, compartiendo la misma incapacidad de consolarlos. En cada enfermedad, es ella quien suplica con fervor a la divinidad por su salud y bienestar. Y en cada instante de orgullo, sonríe desde nuestros labios y, desde el más allá, grita con certeza lo orgullosa que está de formar parte de esa vida.

Porque una de las lecciones que nos deja el largo y arduo silencio es que, cuando se ama de verdad, jamás habrá un silencio capaz de apartar de nosotros la esencia de esa persona en nuestras vidas. No importa cuánto tiempo transcurra: el alma de nuestra madre sigue brillando y sonriendo a través de nosotros. Porque el AMOR SINCERO no nos permite arrancar de nuestras almas uno de los fragmentos más integrales de nuestra existencia, y tiene la fuerza de romper incluso el silencio más profundo que pueda existir.

Esas son las cosas que he aprendido desde que se apagó la voz de mi mamá... He aprendido a abrazarla. A darle un beso a su alma. A pedirle que me perdoné si alguna vez le hice daño. Y a sentirla presente en cada paso que doy y que daré... después del silencio...

Marina Ramos Santiago

Momentos de su Vida

Foto del aniversario número 40 de mis padres. No fue el día en que recibió “El Regalo”, pero sí uno de los momentos más significativos de su vida junto a mi papá.

Esta es la primera foto de Ismael Maldonado que mi mamá vio despúes del Anuncio Clasificado. Tomada en el año 1957 trabajando de marino mercante.

Los años trabajando de payasa para generar ingresos para sus gastos personales.

En esta fotografía están mis padres en la última graduacion de uno de sus hijos en el año 2002. Era mi graduación de la universidad.

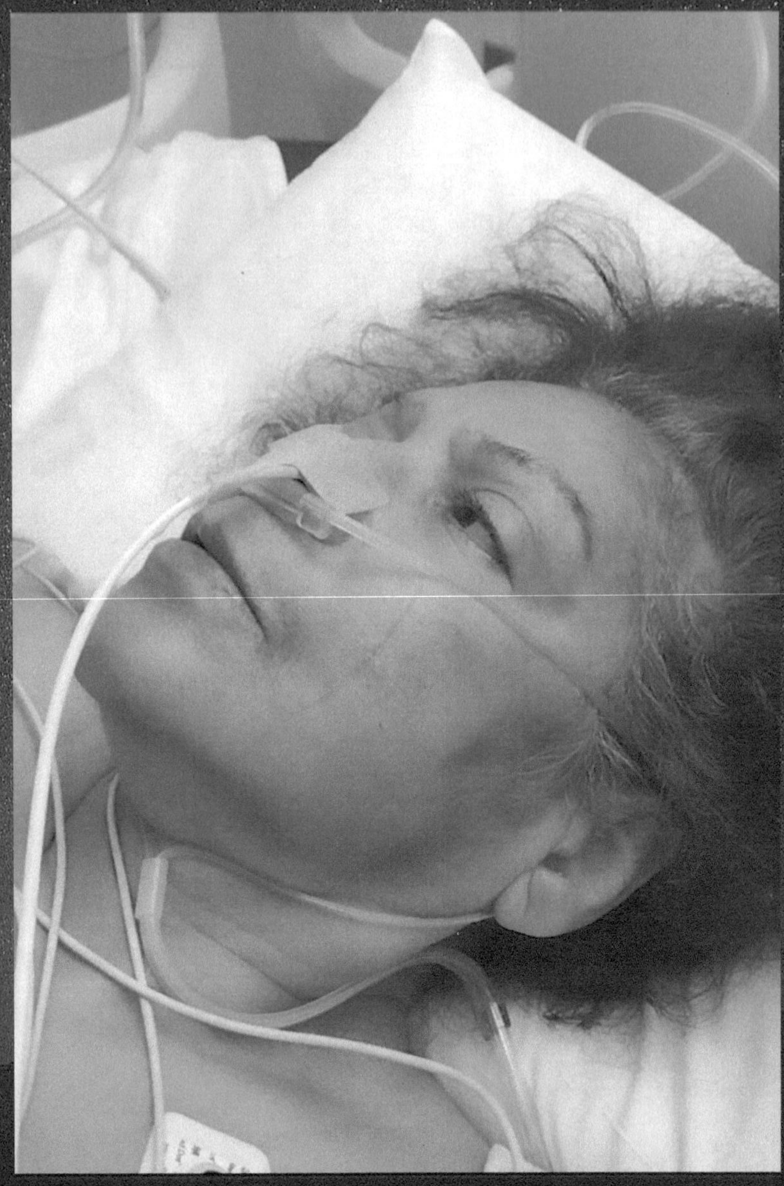

"¡Los quiero! ¡Cuídense!" Eran las palabras que mi mamá repetía después de la operación de emergencia para removerle un coágulo de sangre tras sufrir un derrame cerebral.

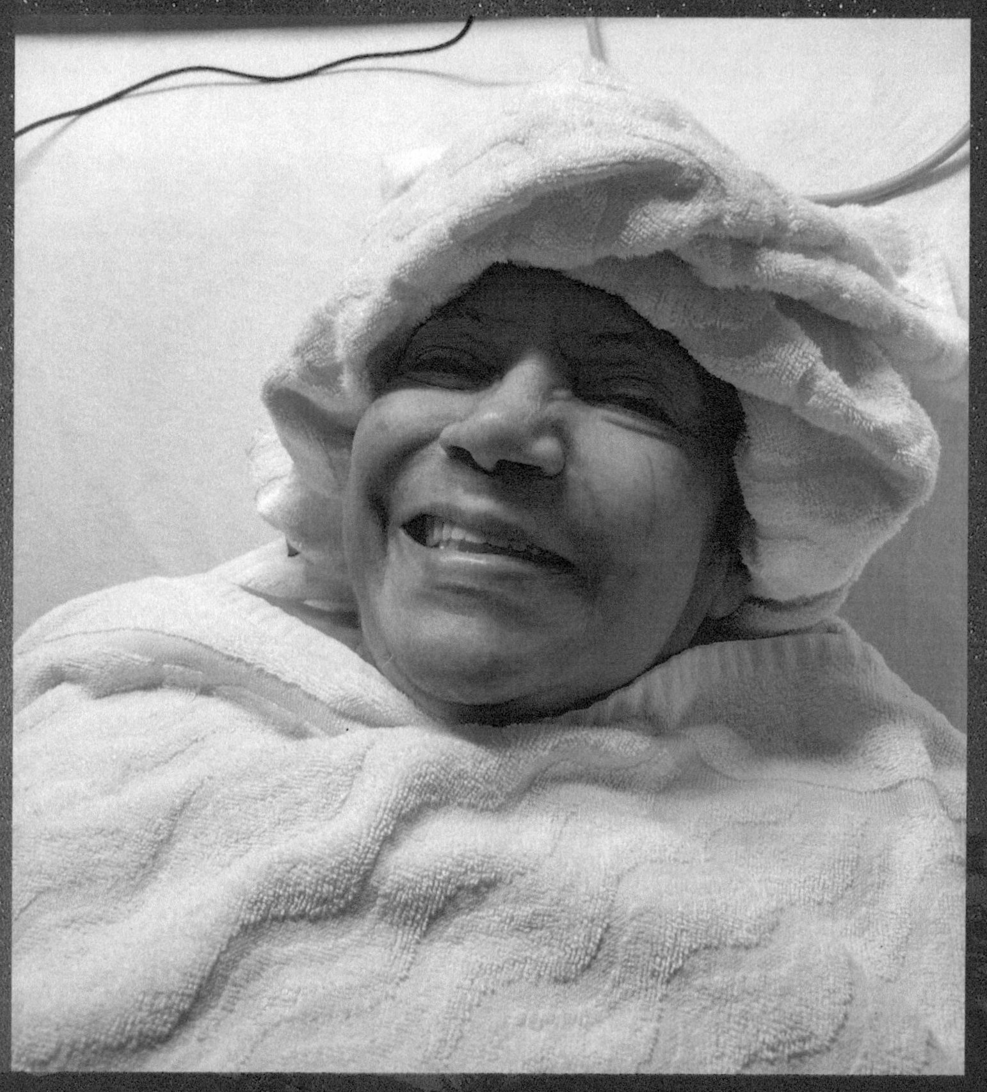

El primer baño que le dimos a mi mamá, después de semanas divididas entre el hospital y el asilo, fue un momento inolvidable. Su felicidad al sentirse limpia era palpable.

De izquierda a derecha: Anais, Milagros, Marina y Sonia.

Este fue uno de los días más felices que mi mamá vivió en el asilo mientras esperaba regresar a su hogar. En medio de tanto dolor, pude verla realmente feliz. Estoy profundamente agradecido a Milagros y a Sonia por hacerlo posible, y desde lo más hondo de mi alma le agradezco a mi tía Anais, quien aun luchando contra un cáncer que le quitaría la vida tres meses después, estuvo allí para darle a mami un momento de alegría. También agradezco a mi tía Migdalia, que aunque no aparece en la foto, también estuvo presente.

De izquierda a derecha Milagros, Marina & Antonio

La primera vez que salió del asilo con sus hermanos Milagros y Antonio. La única razón por la que se montó en la silla de ruedas aunque le dolía mucho este tipo de actividad solo porque sus hermanos la estaban esperando afuera.

Como ella lo pidió, y gracias a la Iglesia Bautista Sion, se le ofreció un culto de oración en su templo antes de llevarla a su lugar de descanso eterno.

El Camino

La humedad de la mañana resultaba placentera, fresca sobre la piel, mientras la brisa se dispersaba por el lugar. Antonio, acostado en medio de la grama, mantenía los ojos cerrados, concentrándose en disfrutar de aquel raro momento de su vida en el que ningún dolor lo perturbaba. De repente, una gotita de agua cayó en el centro de su frente desde las ramas de un flamboyán florecido. Temiendo que el día pudiera arruinarse con la lluvia, abrió los ojos para mirar las nubes en el cielo. Todas estaban blancas y hermosas, provocándole un sentimiento inverosímil que no lograba describir.

En ese instante, una inquietud atravesó su mente. Al ordenar sus pensamientos y fijar la mirada, se dio cuenta de que estaba tendido sobre la grama en un lugar totalmente desconocido, sin recordar cómo había llegado allí. De inmediato, se incorporó y miró a su alrededor en busca de algo o alguien que pudiera explicarle dónde se encontraba. A lo lejos, divisó a una anciana que caminaba hacia un sendero cubierto por muchos árboles, formando la apariencia de un túnel natural.

Sin pensarlo dos veces, Antonio corrió en su dirección y pronto la alcanzó. Mientras se acercaba, la llamó, pero la mujer no respondió. Insistió una vez más, y ella continuó ignorándolo. Guiado por la necesidad urgente de obtener respuestas sobre su ubicación, Antonio le tocó suavemente el hombro derecho. La mujer se giró hacia él con una sonrisa cálida dibujada en el rostro. Antonio le devolvió la sonrisa con un regocijo inmenso que llenó su alma vacía.

—¿Mamá Fortuna, eres tú? —preguntó Antonio, con la felicidad reflejada en su voz.

—¡Dios te bendiga, mi niño!

—Mamá, hace tantos años que no te veo... ¿Cómo estás? ¿Qué ha sido de tu vida?

—Niño, aquí estoy feliz. Llevo mucho tiempo esperándolos a ustedes, y por fin ya están viniendo a verme.

—Mamá, yo nunca quise dejar de verte. Al contrario, te he extrañado durante muchos años.

—Lo sé, mi niño. Sé que la vida se vuelve ocupada.

—Aun así, muchas veces soñé contigo, con volver a verte. Con sentarme a tu lado y hacerte unas preguntas.

—Estoy al tanto de eso. Por eso te estaba esperando aquí: para contestar todas las preguntas que nunca me hiciste.

Antonio se sentó junto a su abuela al borde del camino, y allí sostuvieron una de las conversaciones más largas que él recordaría en su vida. Fortuna respondió a todas las preguntas que le hizo y compartió varios detalles sobre su existencia que Antonio desconocía. En ese momento, olvidó que estaba perdido y que no sabía dónde se encontraba. En su alma sentía que la presencia de su abuela lo protegería de cualquier mal que pudiera cruzarse en su camino.

La charla se prolongó durante horas, y el sol parecía rehusarse a descender, como si el día quisiera extenderse para darle a Antonio el tiempo necesario de calmar las inquietudes que lo atormentaban. Finalmente, Fortuna le pidió a su nieto que la esperara un momento mientras buscaba algo en su casa. Antonio se ofreció a ayudarla, pero ella se negó, argumentando que, en ese instante, no había tiempo para eso. Él insistió, pero Fortuna lo reprendió como solía hacerlo en su infancia. Avergonzado por incomodarla, Antonio bajó la cabeza, sintiendo un bochorno familiar.

Fortuna se marchó y regresó con una bolsa de papel en las manos. Se detuvo frente a él, le entregó la bolsa y lo instó a continuar por el camino, asegurándole que su destino estaba mucho más allá de donde ella podía llegar en su condición actual. Antonio abrió la bolsa y encontró un sinfín de frituras: alcapurrias, rellenos de papa y pasteles de hoja. Agradeció el regalo con una sonrisa y bromeó diciendo que solo probaría un poco, pues su colesterol estaba algo alto. Fortuna lo abrazó con ternura y le dijo:

—Mi niño, no tienes que preocuparte por eso. Ahora sigue el camino y ya hablaremos cuando volvamos a vernos.

Antonio miró el sendero y sintió una curiosidad inmensa. Se giró para hacerle una pregunta a su abuela y se sorprendió al notar lo lejos que ella caminaba en dirección opuesta. No podía creerlo: la anciana ya estaba a más de cincuenta metros de distancia, y él solo había apartado la vista por unos segundos. A pesar de su asombro, se sintió feliz por aquel encuentro, después de tantos años sin verla. Entonces reanudó su marcha, esta vez con pasos más firmes, pues si su abuelita le había dicho que debía seguir por aquel sendero, así lo haría.

Eventualmente, Antonio se internó en el túnel de árboles, donde respiraba el aire más puro que había sentido en toda su vida. El lugar emanaba limpieza y pureza, algo que parecía haberse extinguido en el resto del planeta. Allí, divisó un sinfín de reinitas revoloteando de un matorral a otro mientras cantaban de alegría. Un turpial, posado sobre las ramas de un árbol de moca, les hacía coro con su melodiosa canción.

Antonio quedó tan distraído por aquel concierto de aves que no se dio cuenta de que ya no caminaba solo. A su lado, un viejito de cuerpo frágil, vestido con pantalones "brinca charcos" y una camisa de franela, caminaba descalzo mirando en dirección opuesta. Antonio, al notar que el hombre evitaba mirarlo, no se atrevió a interrumpirlo. Sin embargo, su corazón comenzó a latir como un potro indomable, pues no necesitaba verle el rostro para saber que se trataba de una de las personas que más adoraba: su abuelo Pello.

Por esa razón, Antonio decidió no molestarlo y lo dejó disfrutar del concierto de las aves mientras esperaba ansiosamente que su abuelo lo mirara una vez más después de tantos años. El viejito, por su parte, parecía completamente ajeno a la presencia de su nieto y siguió caminando lentamente, con la mirada fija en la dirección opuesta. Antonio, incapaz de resistir más el deseo de ver su rostro, le tocó el hombro, como había hecho con su abuela.

Pello se giró y, sin pronunciar palabra alguna, le dio el abrazo más efusivo del mundo. Era uno de esos abrazos que solía darle a su nieto a la medianoche de cada despedida de año. Antonio, lleno de un júbilo tan intenso, sintió que sus ojos se llenaban de lágrimas que contuvo con todas las fuerzas de su ser.

—¡Toñito, mi niño, qué bueno es velte! —dijo Pello jubiloso.

—¡Bendición, papá! —respondió Antonio de inmediato.

—¡Que Dios me lo bendiga!

—Papá, yo te amo. Te quiero. Te adoro. Te he extrañado tanto.

—¿Extrañalme? ¿Por qué?

—No sé... porque no te he visto desde hace tanto tiempo. Por eso no quiero dejar pasar la oportunidad de decirte que te adoro, viejo, y que siempre te adoraré.

—Yo lo sé, Toñito, yo también. Por eso estoy aquí, en este camino.

—¿Y dónde estamos? No me acuerdo cómo llegué a este sitio.

—A la velda, yo tampoco sé ónde ando.

—Bueno, bueno... eso no importa, mientras tú estés aquí conmigo.

—Pero, Toñito, yo siempre he estaó contigo. Nunca me fui.

—Papá, no sé por qué no me acuerdo.

—Yo soy y siempre seré palte de tu vida.

—Y yo le agradezco a Dios y le ruego que siempre sea así.

—Así será, pero no en este tiempo, polque tienes que continual el camino.

—Eso mismo me dijo mamá Fortuna. ¿Sabías que mamá está aquí?

—Claro que lo sé, pues convivimo en la misma casa.

—¿De verdad? Entonces, cuando los visite, podré verlos a los dos.

—Así mismo es, después de tanto tiempo.

—Papá Pello, ¿tú no sabes qué es este lugar?

—No, mijo, estoy tan confundío como tú.

—Yo como que estoy un poco desorientado con todo esto.

—No te preocupes, nada te va a pasal.

—Lo sé, pero quiero saber hacia dónde voy.

—Yo no sé hacia dónde vas, pero estoy seguro de que lo que buscas está al final del camino.

—Entonces tengo que seguir caminando.

—Sí. ¿Quieres un cacharro de café pa' el camino?

—Pues, seguro que sí.

—Espérate, que te lo busco. No te me vayas.

—Voy contigo, viejo.

—No, mijo, no. Espérame, yo vengo ahora.

—Está bien, papá, yo te espero aquí.

El anciano se alejó, y Antonio volvió su mirada hacia el camino. Era un lugar hermoso y limpio, pero en su corazón albergaba una profunda incertidumbre sobre su presencia en aquel sitio. Distraído por los pensamientos que corrían por su mente, no se dio cuenta de que Pello había regresado con una lata vieja de habichuelas, llena de aquel café tan especial en la memoria de su nieto.

El aroma llegó hasta la nariz de Antonio, y de inmediato trató de inhalarlo lo más rápido posible, temeroso de que se disipara y perdiera la oportunidad de disfrutarlo. Mientras aún saboreaba el recuerdo del olor, abrazó a su abuelo y cerró los ojos, buscando reencontrarse con su niñez y con todas las memorias felices junto al anciano.

Recordó los días sentado en la ventana estilo puerta de los tiempos de antaño, donde escuchaba las historias que su abuelo narraba; relatos que oscilaban entre lo verídico y lo sobrenatural. En esa misma ventana lo veía mascar tabaco mientras, distraídamente, miraba el horizonte, y también fue allí donde lo vio gritar de dolor el fatídico día en que su bisabuela María, la madre de Pello, falleció.

Todas esas memorias evocaron una mezcla de tristeza y regocijo que abrumó su mente, causando un temblor en todo su cuerpo. Pello, percibiendo su emoción, colocó sus manos sobre los hombros de Antonio y le dijo:

—Niño, no te preocupe, que to' va a estal bien. Ahora tienes que seguil el camino, que falta bastante para el final. Y acuéldate: si te coge la noche, camina por el medio y no te pongas a pitar.

—Lo sé —respondió Antonio, apretando a su abuelo con fuerza.

—Ahora vete y sigue el camino.

Antonio dejó escapar a su abuelo del abrazo. Pello, con su mirada profunda, le ofreció una amplia sonrisa antes de darle un beso en la frente, como solía hacerlo en cada despedida de año en tiempos pasados. Luego, sacó un pedazo de tabaco del bolsillo izquierdo de su camisa, lo colocó en la boca, comenzó a masticarlo y salió caminando en la misma dirección que Fortuna. Sin poder formular una pregunta más, y sin querer dejar que aquel viejito desapareciera de su vista, Antonio se quedó parado en el mismo lugar, sorbiendo un poco de café que llenaba su alma casi vencida por las enfermedades y el peso del tiempo. Permaneció allí hasta que Pello se perdió en el horizonte, antes de reanudar su marcha.

Entonces, Antonio sacó una alcapurria de la bolsita que su abuela le había entregado y le dio un mordisco. El sabor del sazón, impregnado de las manos de su abuela, tuvo el mismo efecto que el café de su abuelo: llenaba su alma decepcionada por los estragos del tiempo. En ese instante, dejó de pensar en el colesterol, la presión alta y los avisos del médico sobre los efectos adversos de las frituras. Comió todo lo que su abuela le había dado y, al terminar, acentuó la experiencia con sorbos del mejor café que se haya hecho en la faz de la tierra. Mientras caminaba, escuchaba a unos pitirres regalándole serenatas gratuitas, mientras la frescura del lugar mantenía un clima placentero.

Unos minutos más tarde, recibió otra sorpresa. Al borde del camino, estaban sentados su abuelo Don Ismael y su abuelastra Doña Teresa, mirando algo en una televisión, justo como hacían mientras veían novelas en su casa de Nueva York. En la pantalla, el programa mostraba momentos de la vida de Antonio, y desde lejos parecía que los dos ancianos estaban conmocionados por lo que veían. Antonio trató de acercarse al lugar donde estaban sentados, deseando sostener una conversación mientras observaban el programa, pero su abuelo se puso de pie y le señaló el camino, gritándole que era largo y que no había tiempo para detenerse a hablar.

Antonio sintió un poco de decepción. Tenía tantas cosas que quería decirles, cosas que nunca había podido expresar. Teresa también se levantó y señaló el camino de la misma manera que su abuelo. Desesperado, Antonio intentó gritarles lo que su corazón anhelaba decir, pero sus palabras no se escuchaban. Permaneció allí, al margen del sendero, durante un buen rato, buscando la manera de comunicarles lo que sentía en su alma, pero no lo logró. Entonces, Don Ismael y Doña Teresa, desde la distancia, le gritaron:

—Mi pana, ya yo lo sé. Váyase tranquilo, que ya habrá tiempo —dijo Don Ismael.

—Que el SEÑOR me lo favorezca y me lo acompañe, Toñito. Yo también lo sé —dijo Teresa.

El corazón de Antonio se llenó de júbilo, aunque también albergaba una leve decepción por no haber podido expresar lo que sentía. Con estos pensamientos en mente, reanudó su marcha y comenzó a analizar aquella situación tan extraña. Aún no lograba explicarse cómo había llegado al llano donde amaneció, y mucho menos cómo era posible encontrarse allí con tantas de las personas que amaba. Sin embargo, decidió seguir los consejos de sus abuelos sin debatir ni quejarse, como solía hacer durante su niñez y adolescencia.

Lentamente, y atento a cada detalle, caminó un largo tramo del lugar en soledad. Mientras recapacitaba sobre todo lo que había hecho en su vida, enfocado en la paz que lo rodeaba, no se dio cuenta de que, a unos metros de distancia, había una mujer de complexión taína sentada en una silla reclinable de madera, meciéndose suavemente y tarareando una canción. Era su abuela Antonia, de quien él heredaba el nombre.

La mujer, con sus lentes a mitad de la nariz, tejía un abrigo de colores azul claro y marrón, que evocaba el mantel de mesa que ella misma le había regalado a Antonio muchos años atrás. Al verla, el hombre corrió hacia ella sin dudarlo y se dejó caer al suelo, postrándose a sus pies. Esta vez quería expresar miles de palabras, pero se encontraba incapaz de hacerlo, abrumado por la emoción que lo envolvía.

Entonces, su abuela se inclinó hacia él y lo tomó entre sus brazos, como si aún fuera un niño en lugar de un hombre que ya había pasado de los setenta años. Lo miró directamente a los ojos y le dijo:

—Yo te veo, y sí mi niño, estoy muy orgullosa de ti.

—Abuela, es que yo no sé si he hecho bien en mi vida. He cometido tantos errores. Me arrepiento de tantas cosas.

—Tú cometiste errores como todo el mundo. No tienes de que avergonzarte.

—Pero yo...

—Has sido un buen hombre justo y decente al que nadie puede juzgar.

—Tú sabes que la gente...

—La gente siempre va a hablar, pero eso no importa. Lo que importa es lo que has hecho. Lo que hiciste por tu familia. Lo que hiciste por personas que ni conocías. Lo que hiciste por mí.

—¿Por ti? No me acuerdo.

—No es necesario que te acuerdes ahora, Toñito, pues a mí no se me va a olvidar.

—Yo nunca te dije que...

—No hace falta, lo que hiciste por mí lo demostró. Las palabras no hacen falta.

—Aun así, quiero decirte que te amo. Que desde que dejé de verte, en mi pecho ha existido un vacío tan grande que nunca he podido llenar.

—Yo lo sé, pero recuerda que yo nunca me fui.

—Yo sé... el que se fue fui yo.

—Pero siempre me llevaste contigo. Ahora te voy a pedir el favor de que continúes el camino, que aún te falta un poco.

—Yo no quiero dejarte aquí.

—No me puedes dejar aquí, porque yo siempre andaré adonde tú andes.

—Abuela Toña, gracias por todo.

—No hay nada que agradecer. Vete y sigue caminando.

—¿Te voy a volver a ver?

—Eso ya lo sabes.

Antes de despedirse de él, Toña se colocó frente a Antonio y le acomodó sobre los hombros un abrigo azul y marrón, aquel que lucía como un mantel que había bordado para su nieto muchos años atrás. Luego le besó la frente y le dijo tiernamente:

—Para que te proteja del frío que llega en la noche.

Antonio retomó el camino con una gran carga sentimental. Con cada encuentro se le hacía más difícil seguir avanzando, aunque todos le insistían en que debía hacerlo. Frustrado por su incapacidad para comprender aquel suceso, se quedó inmóvil al lado de su abuela, quien parecía haberse olvidado de su presencia mientras miraba a su alrededor, como si lo ignorara deliberadamente.

Eventualmente reanudó su marcha, pero esta vez sus pasos eran más lentos y pesados. Caminaba hacia adelante, dejando atrás a personas que no quería apartar de su vista. Alzó la mirada al cielo y, por primera vez en mucho tiempo, cerró los ojos y le pidió a Dios un favor: que le permitiera volver a recorrer aquel camino.

El sol comenzó a descender, bañando el cielo con tonos cálidos antes de dar paso al concierto nocturno de los coquís, que cantaban alegremente bajo la luz de la luna. Antonio, preocupado por la posibilidad de que la noche lo sorprendiera en medio del túnel de árboles, apresuró sus pasos con la esperanza de llegar al otro lado del bosque. Finalmente, divisó el final del túnel, pero en su apuro tropezó y cayó al suelo.

Tendido allí, reflexionó sobre cómo levantarse con sus rodillas envejecidas y lastimadas, sin percatarse de que unas manos negras y ásperas se extendían frente a él. Por un instante, el temor se apoderó de su mente, y pensó en la posibilidad de ser herido en aquel lugar. Entonces escuchó la voz más hermosa que jamás había oído decirle:

—Dame tu mano, niño, para que te levantes de ahí.

—¿Papi, eres tú?

—Seguro, mijo, aquí llevo un tiempo esperándote, como los otros.

—Viejo, no lo entiendo... no lo entiendo.

—No te preocupes por eso, que ahora mismo no es importante.

Antonio se puso de pie e inmediatamente dejó escapar un torrente de lágrimas, incapaz de contener la emoción acumulada por aquellos reencuentros inexplicables. Su papá, Felo, lo abrazó y, fiel a su carácter, no pronunció ni una sola palabra para consolarlo. Sin embargo, Antonio entendía que así era su padre: un hombre siempre callado, reservado, que prefería actuar en lugar de hablar.

De él había aprendido que valía más hacer las cosas que hablar sobre ellas. Permanecieron abrazados durante mucho tiempo mientras Antonio, profundamente conmovido, no dejaba de temblar. Fue en ese momento, entre lágrimas y emociones a flor de piel, que pronunció unas palabras que incomodaron a su padre:

—De aquí yo no me muevo. No voy a seguir caminando sin ti.

—Pero aún te falta un poco para llegar al final.

—Papi, yo no te voy a volver a dejar solo. Pase lo que pase.

—No digas eso, que tienes que completar el camino.

—¡No! Yo sin ti no sigo caminando.

—¿Quién te dijo que yo te voy a dejar ir solo?

—¿Tú te vas conmigo?

—Sí, en esta parte del camino yo puedo ir contigo.

—Entonces, ¿nos vamos?

—Sí, mi niño, nos vamos al paso para tener tiempo de hablar.

—Papi, ¿alguna vez te dije lo orgulloso que estoy de ser tu hijo?

—Eso no hace falta. Eso se sabe. Vámonos, que falta camino.

—Sí hace falta decirlo. No sé por qué se hace tan difícil expresar lo que uno siente, para después no tener la oportunidad.

—Así es la vida, no te preocupes por eso.

Desde ese punto en adelante, Antonio caminó acompañado de su padre. Durante el trayecto, le contó todo acerca de su vida desde la última vez que se habían visto. Felo escuchaba atentamente, mostrando interés en las palabras de su hijo, aunque parecía que, de alguna manera, ya sabía todo lo que Antonio le compartía.

Eventualmente, llegaron al final del túnel, donde Felo se detuvo justo en la guardarraya del bosque. Entonces, con una pausa cargada de significado, miró a Antonio antes de decir:

—Esta parte del camino... es solamente para ti.

—Tú me dijiste que ibas a ir conmigo.

—Y eso es lo que quiero hacer, pero esta parte del camino te toca a ti solo.

—¿Y si no me quiero ir?

—Niño, sigue caminando. Hazlo por mí.

Incapaz de negarse a cumplir con lo que su padre le pedía, Antonio lo abrazó una vez más y continuó caminando. Sin darse cuenta, el sol de la mañana volvía a renacer, marcando el comienzo del alba. Antonio reflexionó sobre el viaje que había compartido con su papá, sintiendo que había durado mucho más de lo que su percepción le indicaba mientras recorrían aquel tramo del camino. Concentrado en analizar esa anomalía, no se percató de que, a lo lejos, comenzaba a escucharse la voz de una mujer cantando alegremente canciones de Ana Gabriel.

Al oír la melodía, Antonio se detuvo, incapaz de seguir caminando. De inmediato, comenzó a correr en dirección a la voz y llegó a una playa de aguas cristalinas, con brisa fresca y serena. Allí, en la arena, la mujer cantaba y bailaba con entusiasmo, mirando hacia el horizonte. Ya no estaba enferma ni sufría el terror del cáncer ni el abandono en un centro de envejecientes. Sus ojos ya no se inundaban de lágrimas mientras suplicaba a su hijo que la llevara de vuelta a casa. Tampoco lamentaba la pérdida de su memoria, que nunca había regresado tras el derrame cerebral que la dejó paralizada en los últimos cinco meses en que él la vio.

Su mamá bailaba y cantaba a los cuatro vientos, levantando las manos con una felicidad que parecía haber renacido. Era una alegría que se le había escapado en los últimos años de su vida, tras la muerte de su esposo y el regreso del cáncer, que le robó la poca esperanza que le quedaba. Pero ahora, allí estaba ella nuevamente: Marina Ramos Santiago, la mamá de Antonio. La mujer luchadora y fuerte que él recordaba, aquella que jamás se rendía y que siempre hizo todo lo posible por ofrecerles a Antonio y a sus hermanos las oportunidades que la vida le había negado a ella.

Finalmente, la mujer giró para mirar a su hijo, y ya no hubo palabras, ni preguntas, ni reproches. Antonio estaba frente a la mujer más hermosa del mundo y no iba a arruinar el momento intentando expresar lo inexpresable: aquello tan sublime que ninguna palabra alcanza a capturar. El camino lo había conducido hasta aquella playa para reencontrarse con la mujer que le dio la vida y le enseñó los valores que guiaron la suya. En ese instante, Antonio estaba colmado de vida.

Eventualmente, su mamá caminó hacia él y, con una voz llena de calidez, le dijo:

—Aquí no hay dolor, solo felicidad. Aquí estamos todos esperando por ti. Déjate ir, mi amor, que yo voy a estar aquí esperando para verte llegar, como tú esperaste para verme partir.

Una lluvia de aguas tibias comenzó a caer sobre el rostro de Antonio, provocándole, por alguna razón, intensos dolores en todo su cuerpo. Con dificultad, entreabrió los ojos y escuchó el sonido de la maquinaria del hospital: el repetitivo bip, bip, bip. Estaba rodeado de sus tres hijos, quienes lloraban al verlo en la condición en que se encontraba. Los tres permanecían junto a su cama, esperando que la muerte llegara para llevar al hombre a su descanso eterno, mientras las lágrimas que derramaban caían sobre su rostro envejecido y enfermo.

Al verlos sufrir, Antonio deseó decirles que él estaba listo y que no estaría solo, pero no podía hablar. La pesadez de comprender lo que pasaba por la mente de sus hijos lo lastimaba profundamente, pues él había estado en esa misma situación el día que su propia madre se había ido. Deseó poder abrir la boca y expresarles que, en algún lugar del universo, la paz lo esperaba junto a todos los seres que se habían ido de su vida uno a uno. Sin embargo, su cuerpo estaba tan débil que apenas lograba mantener los ojos entreabiertos. Solo las ocasionales lágrimas de sus hijos perforaban su piel con el dolor de saber que sufrían por él.

Finalmente, Antonio cerró los ojos y dejó que su espíritu se desprendiera de su cuerpo enfermo. Unos minutos más tarde, los volvió a abrir y se encontró nuevamente en el pastizal. Esta vez, todos lo estaban esperando: su abuela Fortuna, con sus comidas especiales; su abuelo Pello, con una taza de café exquisito; sus abuelos Ismael y Teresa; la abuela Toña, en su silla reclinable; y su papá Felo. Todos ellos estaban allí, de pie, aguardando su llegada sonriendo ante sus ojos. Y entre ellos se encontraba Marina, su madre, libre de dolores y del terror de una enfermedad terminal, cantándole canciones que llevaban consigo las resonancias de un amor eterno, un amor que ni siquiera la muerte podía vencer.

Mi nombre completo es Carlos Antonio, y como no me suscribo a religiones ni a sus teorías, deseo que, en mi camino hacia el descanso eterno, me encuentre con todas las personas que más he amado. Que ellos me acompañen y me ayuden a disfrutar de un paraíso que solo podría existir si lo comparto con ellos, pues son y siempre serán los fragmentos que conforman el alma que habita en mi ser.

¡Gracías por todo mamá!

Nos Vemos al final de EL CAMINO

Autobiografía

Nací en los años 70 en el Centro Médico de Río Piedras, en San Juan, Puerto Rico, aunque soy oriundo del barrio Quebrada Negrito de Trujillo Alto. Fui el segundo hijo de mi papá, Félix (1942–2019), y mi mamá, Marina (1956–2024). Como era típico en aquella época, mi niñez transcurrió rodeada de familiares; en mi caso, la familia de mi papá, cariñosamente conocida como "Los Rolos". Desde muy pequeño tuve acceso constante a mi abuelo Pedro, a quien en el barrio llamaban "Pello". Le encantaba relatar historias del pasado, cargadas de emoción y, a menudo, salpicadas de los mitos propios del lugar. Creo que de él heredé el gusto por contar relatos; muchas de las historias que he escrito las escuché directamente de sus labios.

Mi infancia estuvo marcada por la pobreza y la lucha constante de mis padres. En una casa de dimensiones reducidas convivíamos seis personas, y mi papá no tenía un empleo estable. Sobrevivíamos gracias a una combinación de ayudas gubernamentales (los famosos cupones) y diversos trabajos esporádicos: desde cortador de césped y vendedor de frituras y dulces locales (como el dulce de coco), hasta recolectores de latas de aluminio para su posterior venta. Aunque ninguna de estas labores generaba grandes ingresos, nos permitían evitar el hambre y la necesidad de pedir ayuda. Fue en ese ambiente donde aprendí que la lucha siempre será parte fundamental de la vida. Para muchos, estos hechos pueden ser motivo de vergüenza; para mí, sin embargo, son emblemas de orgullo y la guía que orienta mi camino. No tengo capacidad para despreciar el trabajo de los demás, y jamás me reiría de alguien por lo que hace honradamente para mantener a su familia, pues considero que hacerlo sería faltar al respeto a los sacrificios de mis padres, algo que jamás podría perdonarme.

Durante los años 80 cursé estudios en las escuelas públicas locales: asistí a la Escuela José Julián Acosta (nivel elemental, clausurada), a la Escuela Segunda Unidad Rafael Cordero (nivel elemental e intermedio, clausurada) y a la Escuela Superior Vocacional Miguel Such en Río Piedras. Sin duda, soy beneficiario de los esfuerzos y la dedicación de mis maestros, a quienes quisiera honrar mencionándolos por nombre, pero no lo hago porque no los recuerdo a todos. Su compromiso abrió muchas puertas que para mis padres y abuelos hubieran permanecido cerradas, y siempre estaré agradecido por la influencia positiva que ejercieron en mi vida.

Al concluir la escuela y obtener mi diploma de cuarto año, trabajé dos años en el desaparecido supermercado Amigo de Cupey. Sin embargo, pronto me sentí perdido entre los sueños que albergaba en mi mente y la realidad de que empacar compras en ese comercio no me ofrecía el progreso que deseaba. Impulsado por la necesidad de avanzar y cambiar mi destino, me mudé en 1993 a la ciudad de Brooklyn, Nueva York, junto a mi abuelo materno Ismael y mi abuelastra Teresa. Allí inicié mis estudios universitarios en Hostos Community College, del cual obtuve el grado asociado, y posteriormente me matriculé en Lehman College, donde completé mi programa de bachillerato en Ciencias de la Computación. Finalmente, en 2005 me trasladé a Filadelfia y comencé a trabajar como maestro de educación especial en una escuela pública, labor que desempeño hasta hoy.

Aunque cuento con formación universitaria y agradezco las oportunidades que esta me ha brindado, no creo que un título me haga superior a los demás. Me repugna la actitud de quienes se sienten mejores simplemente por portar un papel, ya que estoy convencido de que mis padres y abuelos sufrieron a manos de esa arrogancia. Personalmente, detesto las normas de etiqueta que exigen comportamientos artificiales para complacer a los demás y que, en consecuencia, nos hacen perder nuestra autenticidad.

Para mí, mi papá fue la persona a la que más admiré; de su tenacidad frente a los retos y de su constante lucha por proveernos lo necesario, aprendí a no rendirme sin antes luchar. Aprendí a actuar en lugar de hablar, permitiendo que los logros hablen por sí solos. Nunca he pretendido ser perfecto ni he atribuido la perfección a nadie, pues creo que nuestras imperfecciones nos enseñan a vivir plenamente. Perdí a mi papá en 2019 y, unos meses después, a mi última abuela.

Mi escritura nació del dolor y de la necesidad de expresar sentimientos profundos. En 2020, tras el fallecimiento de mi padre, Félix Adorno, y de mi abuela, Antonia Ramos, encontré en las palabras un refugio que dio lugar a mi primer libro, ***Vidas: Relatos y Pensamientos.*** En él intenté iluminar la oscuridad de la pérdida y expresar aquello que a veces resulta indescriptible. Al principio pensé que ese sería mi único libro, pero pronto descubrí que aún tenía muchas historias por contar. Así nació ***Memorias de Otras Vidas*** (2022), en el que exploré relatos que me permitieran recordar y compartir acontecimientos previos a mi llegada al mundo, incluyendo las historias de mi abuelo Pedro Adorno, a quien cariñosamente llamaba "Papá Pello".

Superado ese proyecto, me embarqué en la búsqueda del significado de mi herencia puertorriqueña, dando vida a ***Prsona*** (2023), una obra en la que reflejo mi orgullo de ser puertorriqueño y cómo esa identidad resuena no solo en mí, sino también en otros. Luego, en 2024, impulsado por la inquietud ante un posible futuro distópico para Puerto Rico —donde cada vez más personas abandonan la isla debido a la necesidad y a la corrupción— escribí ***El Último Vuelo a Puerto Rico***. En este libro planteo un escenario inquietante en el que un Puerto Rico desprovisto de puertorriqueños se vuelve una posibilidad real.

Y por último, este proyecto titulado **¡Mírame, Aún Existo!** *e*donde trato de compartir momentos en la vida de mi mamá, Marina Ramos Santiago, a quien perdí en julio de 2024 después de una batalla contra el cáncer. No sé si llegará un día en el que no sienta que me hace falta en mi vida presente, pero sé que, sin lugar a duda, mi mamá era tan luchadora y tenaz como mi papá. Ella, al igual que él, enfrentó muchos desafíos que moldearon la forma en que nos crio a todos. Desde sus frustraciones nacieron sus sueños de vernos alcanzar metas que a ella le fueron arrebatadas. Y siento en mi corazón que no habrá nunca suficiente tiempo en mi vida para poder agradecerle lo que hizo por mí. En este libro trato de comenzar a repagar esa deuda eterna.

Esta autobiografía es, para mí, el intento de enseñarte que, al final, solo soy un pasajero en este mundo que pretende y espera dejarlo un poco mejor de lo que lo encontró. Si mis historias son capaces de enriquecer, aunque sea en parte, la vida de alguien, me sentiré completamente orgulloso, pues ese honor lo dedico a mis padres y abuelos, agradeciéndoles la educación transmitida en casa y por haber procurado que mis maestros hicieran lo mismo por mí en la escuela.

Otros Trabajos del Autor

ESTIMADO LECTOR: SI TE gustó este libro, te invito a compartir tu opinión en las redes sociales.

Escanea el codigo QR para ver otros trabajos del autor

Libros Talanco

Ayúdame a llegar a más personas para que también disfruten de mis historias.

www.ingramcontent.com/pod-product-compliance
Lightning Source LLC
LaVergne TN
LVHW101942220826
846093LV00006B/88